EU SÓ CABIA NAS PALAVRAS

Copyright © 2023 por Rafaela Ferreira

Todos os direitos desta publicação são reservados à Casa dos Livros Editora LTDA.

Nenhuma parte desta obra pode ser apropriada e estocada em sistema de banco de dados ou processo similar, em qualquer forma ou meio, seja eletrônico, de fotocópia, gravação etc., sem a permissão dos detentores do copyright.

Diretora editorial: Raquel Cozer
Coordenadora editorial: Diana Szylit
Editora: Chiara Provenza
Assistência editorial: Camila Gonçalves
Copidesque: Sofia Soter
Revisão: Mel Ribeiro e Daniela Georgeto
Capa: Ariane Freitas
Projeto gráfico de miolo e diagramação: Mayara Menezes
Ilustrações: Mayara Menezes e Freepik (4045, dgim-studio, Harryarts, macrovector, pikisuperstar, rawpixel.com, Sketchepedia)

Dados Internacionais de Catalogação na Publicação (CIP)
Angélica Ilacqua CRB-8/7057

F443e	Ferreira, Rafaela
	Eu só cabia nas palavras / Rafaela Ferreira. — Rio de Janeiro: HarperCollins, 2023.
	200 p.: il.
	ISBN 978-65-5511-517-8
	1. Literatura juvenil 2. Gordofobia – Literatura juvenil 3. Homossexualidade – Literatura juvenil I. Título.
	CDD 808.899283
23-0542	CDU 82-93

Os pontos de vista desta obra são de responsabilidade de sua autora, não refletindo necessariamente a posição da HarperCollins Brasil, da HarperCollins Publishers ou de sua equipe editorial.

Rua da Quitanda, 86, sala 218 — Centro
Rio de Janeiro, RJ — CEP 20091-005
Tel.: (21) 3175-1030
www.harpercollins.com.br

RAFAELA FERREIRA

EU SÓ CABIA NAS PALAVRAS

Rio de Janeiro, 2023

*Este é o meu corpo.
Não se lembram dele quando falam sobre beleza.
Este é o meu corpo e me ensinaram que é imperfeito.*

*Não me vejo nas séries de TV.
Não me vejo nas vitrines.*

Este é o meu corpo e só vejo pessoas parecidas comigo sendo alvo de piadas ou passando por uma transformação. Querem que eu conserte quem sou. Anúncios de pílulas mágicas para emagrecer, exercícios para ficar bonita, shakes de proteína...

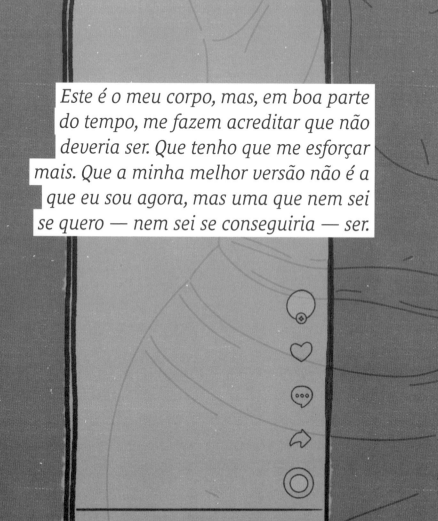

Este é o meu corpo, mas, em boa parte do tempo, me fazem acreditar que não deveria ser. Que tenho que me esforçar mais. Que a minha melhor versão não é a que eu sou agora, mas uma que nem sei se quero — nem sei se conseguiria — ser.

Sempre fui fissurada em redes sociais.

Ganhei um smartphone ainda na infância, e passava os dias navegando pelos *feeds*, de olho na tela, brincando com jogos, lentes e efeitos. Ali dentro, havia outra vida. Eu podia ser quem quisesse. Quando me desconectava, a realidade era diferente.

A câmera frontal não capturava como eu me sentia por dentro, mas pela minha imagem já dava para supor. Trancada havia duas horas no quarto, eu encarava o reflexo na tela do telefone com lágrimas nos olhos. Reparava na espinha no queixo, nas partes vermelhas e brilhosas do rosto. Bem atrás de mim, na cabeceira que enfeitava o fundo da imagem, estava meu nome escrito em pelúcia lilás:

Giovana. Achava aquela decoração infantil para os meus recentes dezesseis anos. A imagem ainda mostrava a minha blusa preta, desbotada e com a gola meio solta, as olheiras, a sobrancelha com muitos pelos espalhados. Porém, não mostrava a dor que palpitava em meu peito. Captava as lágrimas que corriam rápido pelas minhas bochechas redondas e refletia a luz branca do quarto bagunçado, mas não transmitia o buraco, o vazio que eu sentia, o pedido de socorro.

Fora das redes, não havia filtro que afilasse o meu nariz, uniformizasse a minha pele ou me tornasse outra pessoa.

A *timeline* parecia uma festa para a qual eu não fora convidada: imagens perfeitamente selecionadas de corpos magros, peles impecáveis, roupas bonitas e vidas muito diferentes da minha. A insegurança só aumentava.

A festa nunca tinha fim.

No tempo da minha mãe, Joyce, que também sempre foi gorda, aqueles corpos perfeitos só existiam nas revistas ou na televisão. Porém, logo que chegou minha vez, era impossível fechar as páginas ou me desligar daquela realidade. Ser uma menina gorda era entrar de penetra naquele universo.

A festa não se limitava às redes sociais. Era reflexo de todo o resto.

As férias estavam quase acabando e o tormento continuaria na escola — e era bem capaz de que por lá as coisas ficassem mais intensas. Não me sentia à vontade no colégio, já estava nervosa só de pensar em como seria suportar mais um ano letivo.

Não me sentia adequada para me exercitar, era uma intrusa nas aulas de educação física, sempre a última a ser convidada para formar times, sempre aquela que as pessoas escolhiam apenas por falta de opção. Não via outras como eu pulando, correndo, dançando, ocupando os lugares que me fizeram acreditar que não tinham meu número. Os espaços eram apertados demais para alguém do meu tamanho.

Eu só cabia nas palavras. Na escrita, eu tinha lugar suficiente para me derramar, desabafar, me espalhar. Quando escrevia, eu ampliava os espaços, fazia cada palavra caber dentro das minhas necessidades. Eu podia ser, porque as minhas palavras importavam mais do que a minha aparência.

Ler me fazia feliz. Nas palavras, encontrava outros universos, viajava para outros lugares e me esquecia da realidade. Logo descobri que a escrita exercia o mesmo efeito sobre mim. Criando o meu próprio mundo, tudo era possível — era na escrita que eu me sentia boa, capaz. Também me sentia segura naquele refúgio quase secreto em que só eu e minha própria companhia desfrutávamos livremente de um paraíso sem julgamentos nem comparações. Escrevia relatos: retratos sem editores de imagem, sem filtros. Com as palavras, podia abrir o mais íntimo sobre o meu ser, falar da minha pele, da minha fome, dos meus limites.

No começo, eu me satisfazia escrevendo apenas para mim. Mantinha diários, anotava poemas, crônicas e tudo o que me fizesse sentir à vontade. Até que a Ju, uma amiga minha, leu alguns desses textos e me encorajou a publicar nas redes sociais. Não tive coragem de usar o meu nome — era muita exposição, o que eu escrevia era íntimo demais. Por isso, criei um perfil anônimo.

Certo dia, depois de escrever mais um texto para publicar, resolvi lê-lo em voz alta para a Ju. Ao final da apresentação, ela disse:

— Amiga, você *precisa* dar voz a esses textos. Tipo em vídeo, sabe?

Fiquei reticente. Uma coisa era escrever e postar, outra era aparecer.

— Sei lá...

— Fica mais emocionante quando você lê em voz alta — argumentou.

Demorei a me convencer, mas lembrei que mostrar meus escritos para outras pessoas tinha me feito bem, então decidi escutá-la mais uma vez. Seguindo sugestões da própria Ju, comecei a compartilhar os textos em vídeos curtos, narrados, mas sem que eu aparecesse diretamente. Apenas minha voz e imagens que não exibiam o meu rosto. Assim podia compartilhar meus textos e mostrá-los para mais pessoas. Juntar palavra, som e imagem se mostrou a melhor forma de dividir o que eu tinha de mais precioso: a escrita.

Aqueles vídeos viraram uma espécie de diário, o diário da GG, Giovana Gentil, um lugar em que eu conversava com pessoas como eu. Um espaço onde me permitia transbordar. Onde eu podia mostrar que havia mais nas redes do que os padrões que me oprimiam.

Só que eu precisava existir fora das redes.

Se já era difícil existir na internet, na escola era ainda pior. Pelo menos, nos meus textos e vídeos eu podia ser sincera — apesar do perfil anônimo —, mas na escola não era fácil assim, não tinha como eu me esconder atrás da tela do meu celular, todo mundo me via por inteiro e fazia o que quisesse com isso.

As carteiras eram apertadas — o metal marcava minhas coxas, a minha bunda era maior do que os assentos, mal cabia neles. Eu era grande e gorda, e eu me encolhia o máximo para que ninguém olhasse muito para mim. Os banheiros eram pequenos, os corredores, apertados e estreitos.

Como se aquilo já não fosse o suficiente, a rotina era maçante. Todo dia, precisava acordar cedo e encarar aulas chatas, cobranças de notas e desempenho e, acima de tudo, o bullying — tudo isso espremida naquela maldita carteira.

— Vê se olha por onde anda, sua baleia — me disseram mais vezes do que eu gostaria, pelo corredor da escola.

Mal via a hora de me formar e deixar aquele mundo cheio de julgamentos para trás, mas ainda levaria um tempo. Precisava respirar fundo e criar forças para suportar o ano letivo que se iniciava.

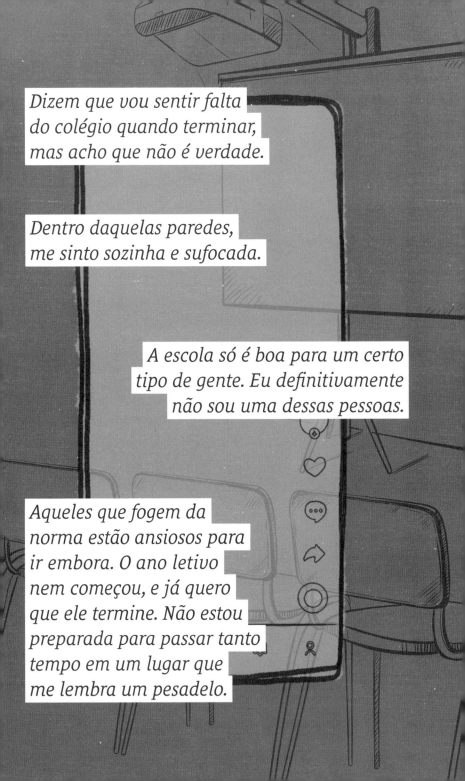

Dizem que vou sentir falta do colégio quando terminar, mas acho que não é verdade.

Dentro daquelas paredes, me sinto sozinha e sufocada.

A escola só é boa para um certo tipo de gente. Eu definitivamente não sou uma dessas pessoas.

Aqueles que fogem da norma estão ansiosos para ir embora. O ano letivo nem começou, e já quero que ele termine. Não estou preparada para passar tanto tempo em um lugar que me lembra um pesadelo.

O *segundo ano* do ensino médio começou embalado por muitas dúvidas.

Outra vez me vi naquele lugar, borbulhando de ansiedade, expectativas e um tiquinho de medo, porque os anos no colégio tinham sido o suficiente para criar uma casca grossa, mas não o bastante para que eu não me importasse com as opiniões ao meu redor.

O começo daquele ano era uma novidade para mim, apesar da mesmice do colégio de sempre. A Ju tinha mudado de escola e eu ficaria sozinha, ela era a minha única amiga.

— Bom dia — cumprimentou o professor de química, meio tímido, ao entrar na sala.

Meia dúzia de alunos respondeu, incluindo eu, talvez porque a outra parte da turma mal tenha escutado. Ele falava baixo e para dentro, dava para ver que não se sentia confortável diante de uma plateia de adolescentes. Pela ansiedade e timidez, devia ser um professor novo.

— O meu nome é Reinier, pode ser escrito de trás pra frente ou de frente pra trás, dá no mesmo — apresentou-se, seguindo o ritual típico de começo de ano.

Os primeiros dias letivos eram sempre iguais: apresentações infinitas, dinâmicas constrangedoras, algumas pessoas novas, professores que já começavam passando a matéria... Era este último o caso do professor Reinier.

Parei de prestar atenção no que ele dizia quando uma menina atravessou a porta. Uma faísca queimou dentro de mim, algo que eu nunca tinha sentido. A presença dela era forte, marcante. Quando entrou na sala, tudo ficou em câmera lenta.

Tinha dreadlocks no cabelo e usava bermuda cargo, com um pedaço do top à mostra pelo recorte da blusinha de banda — a melhor parte dos primeiros dias de aula era que o uso de uniforme ainda não era obrigatório. Só de olhar para ela, soube no mesmo instante que tinha algo de diferente e especial.

Acho que era pelo estilo, os acessórios de tachinhas e *spikes*, mas também pelo seu jeito de andar.

Ela parou, esperando autorização do professor, que fez sinal para que se apresentasse.

— Oi, desculpa o atraso, me perdi — explicou. — Meu nome é Lisa. Na verdade, é Elisabete, mas ninguém me chama assim, só minha mãe quando me dá bronca.

A turma riu do jeito descontraído dela. Gostei de ela não sentir vergonha por ter que se apresentar diante da turma.

— Aluna nova? — perguntou Reinier, e ela confirmou com a cabeça. — Tudo bem, vou perdoar o atraso, mas só porque é o primeiro dia... Não esperem esse tratamento no resto do ano, hein? Pode se sentar, hoje já teremos bastante conteúdo.

Seguindo a orientação do professor, Lisa procurou um lugar vago. Foi aí que eu percebi que tinha jogado a mochila na cadeira à minha frente, e Lisa foi passando por ela achando que estava ocupada. Fui rápida em tirar o material de lá e a chamei:

— Tem lugar aqui!

— Ah, obrigada — agradeceu, sorrindo, e se ajeitou na cadeira.

A atitude dela ao entrar na sala tinha me dado coragem para me aproximar. Mesmo com a aula rolando, eu não queria deixar a conversa morrer. Então tratei logo de me apresentar:

— Amei seu estilo — falei baixinho, apontando para as roupas e pulseiras. — Eu sou a Giovana. Giovana Gentil.

Lisa virou-se para a frente por alguns segundos. Segundos que foram suficientes para que eu ficasse me perguntando se ela ia me deixar no vácuo. Porém, ela logo se virou de volta para mim com um sorriso.

— Prazer. Já vi que esse professor aí não é moleza — sussurrou ela, ao perceber que Reinier tinha começado a encher o quadro de conteúdo.

— Não parece mesmo — concordei. — Mas o que eu tô achando difícil mesmo é entender o que ele fala — acrescentei, cochichando.

Nós duas rimos e Reinier nos olhou. Sabia que era bem improvável ele ter escutado, mas só um olhar foi o suficiente para que nós duas nos ajeitássemos no lugar, nos afastando.

— Nada de conversinha paralela na minha aula — disse ele, sério.

A bronca, contudo, foi menos eficiente, porque o professor falava tão baixo que precisou repetir duas vezes até a turma inteira ficar quieta e prestar atenção.

Eu e Lisa trocávamos olhares cúmplices de vez em quando, contendo o riso toda vez que alguém não entendia o que o professor tinha dito e ele precisava falar de novo.

Para a minha alegria, aquilo não ficou restrito ao primeiro dia de aula — continuamos nessa dinâmica no restante da semana. Lisa vivia um pouco atrasada, e passei a sempre guardar lugar para ela perto de mim. Descíamos juntas para o intervalo e lanchávamos na companhia uma da outra. Com ela, fui me sentindo menos sozinha e perdi um pouco do medo do ano letivo que tinha acabado de começar — as coisas podiam ser melhores do que eu esperava.

TOP 4 coisas
que tornam o dia a dia na
escola menos horrível:

Ficar bolando teorias sobre o próximo episódio da sua série favorita enquanto o professor de matemática fala sem parar (só tem que tomar cuidado porque, se ele te fizer uma pergunta, você provavelmente não vai saber responder);

Desenhar no caderno para não morrer de tédio quando a aula estiver um saco;

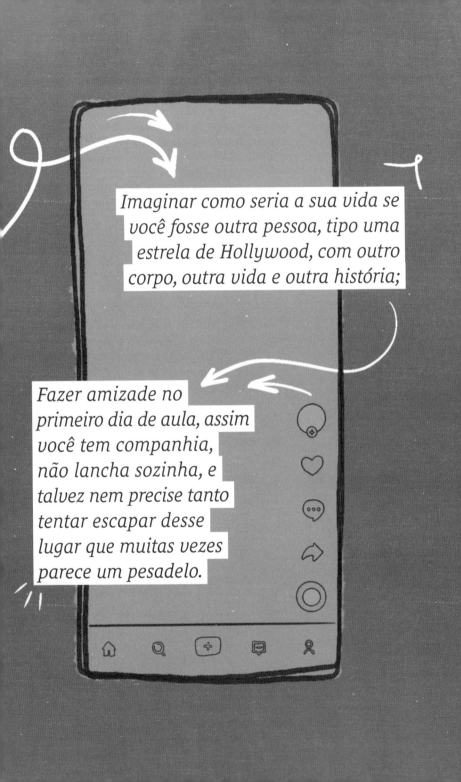

Sempre fui boa em construir muros à minha volta. Quem me olhasse poderia pensar que eu era autoconfiante, mas as inseguranças me esmagavam todos os dias.

Teve uma época em que eu me via como uma garota como todas as outras, sonhadora, curiosa, divertida, mas ficou no passado. Essa visão de quem sou foi passageira, quase infantil... Logo aprendi que eu não podia ser como as outras com um corpo tão diferente.

Não vou mentir: minha infância foi linda, fui uma criança muito amada. A minha mãe sempre cuidou de mim e me admirou muito. Sempre incentivou e nutriu os meus sonhos.

Mas nem todo esse amor foi capaz de manter afastadas as opiniões invasivas. Desde pequena, o meu corpo era assunto dentro e fora de casa. Parecia que todo mundo tinha uma opinião sobre o meu peso e a minha aparência, e uma solução mágica para que eu coubesse nos padrões.

— Ela tá cheinha, né? — dizia um.

— Tem que tomar cuidado com o que come, senão vai virar um balão — opinava outro, sem a menor sutileza.

Minha mãe fingia que não ouvia, ignorava todos os comentários e tentava ao máximo me acolher. Assim, consegui permanecer firme por um tempo, sustentada pelo amor dela. Infelizmente, isso só funcionou até os meus sete anos de idade, quando a redoma protetora se quebrou.

— Baleia assassina — disse um menino no meu segundo ano do fundamental.

Rafael era uma daquelas crianças valentonas, que se acham melhores do que as outras e no direito de fazer o que bem entendem, sem justificativa alguma. Ele viu em mim o saco de pancadas perfeito: me batia, me xingava e nenhuma reação que eu tinha parecia suficiente para mandá-lo para longe. O garoto mal sabia ler, mas sabia me ofender. Ele me repudiava de todas as formas. Eu não sabia o que fazer para me ver livre dele — falava com pais e professores, mas sempre voltávamos para a mesma situação.

Aquelas palavras machucaram na época e continuarão a machucar pelo resto da vida, mas, apesar da dor, eu não ouvia de cabeça baixa.

— Você disse o quê? — perguntei, inflando as bochechas para não explodir de tanta raiva.

— Baleia assassina! — repetiu Rafael, bem infantil, dando a língua.

Ele não era criativo, mas ainda assim me atingia. Naquele dia, meu sangue ferveu e parti para cima dele. Apanhei, mas bati também. Levei uma chamada na coordenação, e Rafael, descobrindo que aquilo me tirava do sério, só fez piorar os xingamentos.

Por mais que me amasse e me ensinasse a gostar de mim mesma, minha mãe era bem omissa no que dizia respeito ao bullying que eu sofria em sala de aula. Ela era professora, então já tinha se acostumado àquela realidade que via todos os dias no trabalho; por isso, encarava com uma normalidade que não deveria. Certo dia, quando eu já não aguentava mais as ofensas, cheguei da escola chorando e disse:

— Mãe, o que é que eu faço? Não quero que me chamem de baleia assassina.

— Crianças são assim mesmo, filha — disse ela, o que me deixou desanimada. *Eu* era criança e não xingava os meus colegas gratuitamente no colégio. — Sei que é chato, mas, se você não responder, talvez ele pare de implicar com você.

Percebi, então, que ela não me entendia. Sua intenção era ajudar, mas a reação só piorou tudo, porque não me senti mais à vontade para falar do assunto com ela.

Rafael não foi um caso isolado. Ele foi apenas uma entre as várias pedras que apareceram no meu caminho. E, mal sabia eu, uma das mais simples, porque era bem visível. Explico: o Rafael se *propunha* a ser uma pedra no meu caminho. Ele se assumia como tal. E os monstros visíveis são sempre mais fáceis de combater. Acontece que no meu caminho haveria muitas outras pedras, algumas disfarçadas de apoio e, portanto, bem mais perigosas. Se eu consegui me blindar contra xingamentos, não podia dizer o mesmo quanto a ofensas que vinham maquiadas de preocupação e cuidado — essas doíam muito mais.

Eu não me esqueço de um almoço em que tudo isso ficou óbvio para mim.

Era verão no Rio de Janeiro, daqueles que a gente já sai do chuveiro pingando de suor, quando a minha mãe disse que iríamos a um churrasco na casa da minha tia Rute, o lugar ideal para o dia de sol.

Amava ir à casa da minha tia — tinha uma piscina enorme no quintal, com água sempre limpa e cristalina, geladinha, perfeita para os dias de calor. E churrasco era promessa de animação: boias coloridas, brincadeiras com meus primos, comida gostosa, sorvete de sobremesa... Tinha tudo para ser um dia perfeito, cheio de lembranças inesquecíveis, mas foi perfeitamente cruel. Nunca esqueci aquela tarde, mas foi pelos motivos errados.

Tia Rute era uma cozinheira excelente, e enchia a mesa de guloseimas tão apetitosas que eu não conseguia decidir qual comer primeiro.

— Quanta coisa gostosa! — exclamei, enquanto me servia com um pouquinho de cada opção.

Meu prato estava lindo — tinha uma fatia generosa de picanha que meu primo cortou especialmente para mim, cercada de guarnições: arroz, feijão, vinagrete, farofa... Levei o prato à mesa e me sentei, pronta para dar a primeira garfada, mas logo se certificaram de acabar com o meu apetite.

— Olha a quantidade de gordura que ela tá comendo! — disse a minha tia Raquel, alto e claro, atraindo os olhares de todo mundo para o meu prato.

— É culpa da mãe, não sabe manter a disciplina. Vai condenar a menina a uma vida doente e triste — respondeu meu tio Jairo, em tom de julgamento, fingindo que falava apenas para a esposa, mas claramente querendo ser ouvido por todos ao redor.

Tia Raquel balançou a cabeça em concordância e eu senti o prato de comida pesar em minhas mãos. Por que eles estavam dizendo aquelas coisas sobre mim?

Olhei para o prato do tio Jairo, que ostentava bem mais do que uma fatia grande de picanha — ele tinha se servido de linguiça, asinha de frango e vários outros cortes de carne. Além de, claro, molho à campanha, farofa, arroz, batata frita...

Fui murchando na cadeira, querendo desaparecer. O que nos tornava tão diferentes? Por que ele podia comer o que queria, mas, se eu provasse as coisas que me davam vontade, ficaria doente e triste? Aquilo mexeu comigo. Comi sem ânimo, sem vontade. A comida até estava gostosa, mas não consegui aproveitar. Parecia que todos os olhares estavam em mim, julgando o meu prato.

Na hora da sobremesa, que eu tanto esperava e era sempre a minha parte favorita daquelas reuniões em família, foi pior ainda.

— Esse brigadeirão está com uma cara linda! — comentou a minha prima Alice, que era viciada em doces.

Magérrima, ninguém comentou quando ela encheu o prato com todas as opções de doces disponíveis, mas logo senti os olhares em cima de mim quando me servi de uma fatia de pudim.

— Cuidado com o açúcar, Giovana — disse tia Raquel, colocando a mão por cima da minha e pegando a fatia de pudim que eu tinha cortado para *mim*.

Que audácia! Fiquei sem saber o que responder, mas ela nem deixou espaço para que eu falasse. Já saiu emendando, enquanto cortava uma fatia generosa de torta de limão para se servir:

— Tem que cuidar do que coloca no seu prato, precisa prestar mais atenção à sua saúde, viu?

Minha saúde ia muito bem, obrigada! Minha mãe me levava sempre ao médico para exames de rotina e, na última visita, estava tudo normal. No entanto, logo comecei a olhar diferente para o pudim. Parecia que ele tinha se transformado — de doce mais apetitoso do mundo, eu passei a vê-lo com chifrinhos e rabinho, como se fosse um inimigo à minha frente, zombando de mim.

— A tia tem razão — interrompeu Rogério, um dos meus primos. — Você está gorda, desse jeito vai morrer novinha.

Por acaso era o dia oficial da família inconveniente e ninguém tinha me avisado? De onde ele tinha tirado aquilo? Isso tudo por causa de uma sobremesa?

Passei a chamar aquele dia terrível de "semente do ódio", pois foi quando percebi que o meu corpo gordo era um convite para todos darem as opiniões mais indesejadas, sem nenhum rodeio, como se os meus sentimentos não importassem.

Percebi que as pessoas não estavam apenas irritadas comigo, mas também com a minha mãe, como se ela tivesse errado ao ter uma filha gorda que nem ela. Para o mundo, nós duas éramos um fracasso, cada uma a seu modo.

— Vou levar a Gio ao médico. Também quero dar uma passadinha, quem sabe a gente não faz dieta juntas, né, filha? — disse minha mãe, como se quisesse provar para todo mundo que era capaz de cuidar de mim.

Eu queria gritar e dizer que ela sabia cuidar de mim, que sempre soube, mas não consegui. Ela logo cumpriu o que disse e procurou um encaixe em um endocrinologista para resolver aquele "problema". Como se não bastasse a família reclamando do meu corpo, teria que lidar com um médico sugerindo doenças antes mesmo de fazer um exame, só de olhar as minhas medidas.

O consultório era pequeno e estava lotado de mulheres – a maioria gorda, algumas magras –, todas em busca de "salvação". Espremidas na salinha de espera, pareciam olhar para mim com pena. Afinal, que outro sentimento merecia uma pré-adolescente gorda sentenciada a uma vida de dificuldades? Demorou bastante, mas finalmente fomos convidadas a entrar na sala do médico. Atrás de sua cadeira, pendurada na parede, estava sua foto de formatura, que ele usou de mote para o sermão:

— Esta foto tem mais de vinte anos, vê como eu não mudei nada? Se quiser que isso aconteça com você também, tem que começar a se cuidar desde já.

Meu queixo caiu e pisquei algumas vezes, tentando confirmar se tinha escutado direito. Olhei para a minha mãe, esperando que ela se revoltasse com o que ele tinha dito, mas ela continuava ali, inabalável e muito atenta ao médico, como se ele fosse um poço de sabedoria e ela estivesse sedenta para beber da fonte, já que, aos olhos de todo mundo, tinha fracassado como mãe, e aquele médico era o único capaz de nos guiar até o caminho da saúde.

Enquanto eu o escutava falar, estava na cara que a única coisa afetada por toda aquela conversa seria a nossa saúde mental.

— Se vocês querem uma vida mais feliz, precisam se cuidar melhor — continuou o médico. — Precisam mudar a forma de pensar e de agir, se tornar pessoas completamente diferentes. O emagrecimento começa aqui — disse, apontando para a cabeça. — Todo esse peso e gordura em excesso fazem muito mal, por isso vocês vão precisar se esforçar para fechar a boca e praticar muito exercício físico para moldar uma nova Gio e uma nova Joyce! Acham que conseguem, queridas?

Fui encolhendo na cadeira, doida para desaparecer dali. Nunca me senti tão *grande* na minha vida. A sensação que tive foi de que aquele médico, preocupado com medidas "ideais", queria me fazer caber, a qualquer custo, em quadrados e espaços dos quais nunca fiz parte.

Enquanto ele montava uma receita de como eu deveria ser dali em diante, fui me lembrando das coisas que tinha ouvido sobre o meu corpo: "Menina gorda não arruma namorado", "você é tão bonita de rosto, se emagrecer vai ficar linda"...

Desliguei no meio da tagarelice do médico. Quando ele entregou a receita e as indicações de exames nas minhas mãos, parecia que os papéis pesavam uma tonelada. Voltei a olhar para a minha mãe, buscando apoio, mas ela parecia confiante de que aquela era a melhor saída. Dava para ver que ela queria evitar que eu tivesse um futuro cheio de julgamentos ou dificuldades, e essa parecia a solução mais eficaz.

Eu só não sabia que seria insuportável.

Aquela foi apenas a primeira consulta. Foi o início do meu suplício médico, que envolveu uma série de nutricionistas, endocrinologistas, nutrólogos e mais uma penca de médicos que me pesavam e mediam, olhavam para os meus exames, ficavam inconformados com as taxas dentro do ideal e diziam que era questão de tempo até que um problema aparecesse.

No começo, eu não entendia bem qual era o problema. Meu corpo era apenas um corpo, não via sentido em todo mundo me dizer o que fazer com ele ou como deveria se parecer. Só que, de tanto ouvir opiniões negativas sobre a minha aparência, acabei sentindo que precisava emagrecer, pois aí seria mais bonita e mais amada — e não teria que ouvir comentários inconvenientes sobre o meu peso.

— Não se preocupe, a gente vai dar um jeito nisso — diziam alguns médicos, como se eu fosse um problema a ser consertado. E era assim que eu estava começando a me sentir. Era muito fácil acreditar que eu era mesmo um fracasso depois de tanta gente dizer que havia algo de errado comigo.

Sempre que voltava de uma consulta, sentia uma mistura de desânimo com esperança. Era difícil explicar. Eu me sentia péssima por ser avaliada dos pés à cabeça e ouvir que meu corpo estava errado, mas ao mesmo tempo ficava com esperanças de que algo fosse finalmente mudar.

Não mudava. As dietas eram difíceis de seguir, os exercícios da academia eram complicados e eu ia me frustrando.

— É só você se esforçar que consegue — disse uma das médicas certa vez. — Já, já vira rotina, e quando os resultados aparecerem, não vai querer mais parar.

Eu acreditava naquilo, me esforçava de verdade. Até não aguentar mais. E a cada consulta diferente, a decepção só aumentava. Àquela altura, tinham me feito acreditar que eu era o problema — e estava difícil pensar diferente.

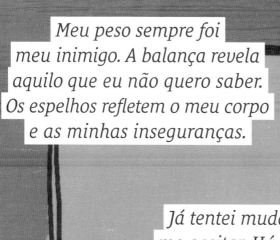

Meu peso sempre foi meu inimigo. A balança revela aquilo que eu não quero saber. Os espelhos refletem o meu corpo e as minhas inseguranças.

Já tentei mudar. Já tentei me aceitar. Há dias e dias, mas na maioria tento me esforçar para lembrar que sou mais que isso.

Sou mais que o número do meu manequim. Eu sou corpo, e também sou alma.

E a minha alma transborda para além dos meus limites.

Era incrível como o tempo passava em ritmo diferente na escola. As horas se arrastavam, pareciam não ter fim, mas em um piscar de olhos as provas chegaram. Dois meses haviam se passado, e quando vi já estávamos nos preparando para a primeira bateria de provas.

Eu era boa aluna. Embora tivesse um pouco de dificuldade com exatas, dava para passar, e no resto eu ia bem. Sempre fazia anotações em sala e não tinha vergonha de perguntar o que não entendia da matéria. Com isso, nem precisava passar tanto tempo estudando em casa, porque já tinha sanado todas as minhas dúvidas em aula e depois era só revisar o material. Gostava de memorizar o conteúdo fazendo mapas mentais, anotações e resumos, e, ao longo do bimestre, ia organizando o caderno para facilitar quando chegassem as provas.

Lisa tinha dificuldade em algumas matérias que para mim eram mais tranquilas. Embora não fosse tímida, parecia travar na hora de tirar dúvidas durante a aula, e ficava perdida com as falas de alguns professores e em certos exercícios e trabalhos.

Quando o professor de história anotou na lousa todas as matérias que cairiam na prova, olhei para ela e vi sua expressão de profundo desespero.

— Tá tudo bem? — perguntei no intervalo entre as aulas, depois que o professor saiu da sala.

— Gio, tô ferrada! Não entendo nada do que esse cara fala — desabafou. — História não é meu forte, sou melhor com exatas. Daí, pra decorar essas datas todas, acontecimentos, nomes que nem sei pronunciar...

— Eu já fiz um resumão da matéria, você quer copiar? — perguntei.

Não custava nada compartilhar com ela o que eu tinha organizado ao longo do bimestre.

— Você faria isso por mim? — respondeu, parecendo surpresa.

Os olhos dela brilharam. Pareciam duas jabuticabas: grandes, escuros e iluminados. Eu abri um sorriso, feliz por deixá-la daquele jeito. Fazia tanto tempo que eu me sentia excluída dentro da escola que era bom ser útil, só para variar.

— Claro, amiga é pra isso! — exclamei.

Logo em seguida, me arrependi daquela palavra. Para mim, Lisa já tinha se tornado uma amiga, mas eu não tinha certeza do que ela achava sobre isso. Nós conversávamos entre as aulas, sentávamos perto uma da outra e sempre descíamos juntas para o intervalo. Só que as conversas eram triviais — o dia a dia na escola, o que tínhamos escolhido para o lanche etc. Ainda não tínhamos entrado em temas mais pessoais, porque parecia que essas conversas não cabiam naquele espaço.

— Então nós somos amigas? — perguntou Lisa.

— Acho que sim, né? — respondi, tentando disfarçar a leve tensão que estava sentindo.

Sempre tive dificuldades em fazer amigos. Minha amiga mais próxima era a Ju, mas, mesmo antes de ela trocar de escola — o que só dificultou as coisas —, já não nos falávamos mais com tanta frequência, tudo por causa de uma viagem que fizemos juntas nas férias. Uma que eu não gostava de pensar muito a respeito. Mas Lisa estava ali para dissipar a minha tensão. Ela abriu um sorriso largo e suspirei aliviada.

— Claro que somos — disse ela, dispensando de vez todas as minhas preocupações. — E eu vou aceitar o seu resumão, sim, porque tô precisando *muito*.

Foi então que surgiu a ideia:

— Olha, eu também posso te ajudar a estudar depois da aula — propus, menos insegura.

— Sério? Pode ser hoje? — perguntou Lisa se animando. — Onde?

— Não sei, onde for melhor pra você — respondi. — Mas vai ter que me pagar um sorvete.

— Compro até um potão de dois litros, se você quiser. Vai salvar minha vida!

Mandei uma mensagem para minha mãe avisando que ia estudar com uma amiga e ela respondeu com uma figurinha de fogos de artifício. *Que exagero.*

Resolvi me concentrar no que importava: ajudar Lisa com a matéria de história. Unimos o útil ao agradável e fomos a uma lanchonete não muito longe do colégio, que ficava pertinho de uma sorveteria que eu gostava. Nós nos sentamos, pedimos uma porção de batata frita e começamos a estudar. Eu fazia piadinhas para fixar o conteúdo e logo Lisa já tinha todas as respostas na ponta da língua.

— Nossa, Gio, você não se cansa de ser tão inteligente e maravilhosa? — perguntou Lisa, me fazendo rir. — Eu tô chocada, a matéria toda ficou mais fácil com você explicando.

Minhas bochechas ficaram vermelhas por causa do elogio.

— O professor de história às vezes gosta de complicar as coisas — falei, tentando disfarçar o quanto o comentário tinha me deixado tímida. — Agora eu quero o meu pagamento! — acrescentei, mudando de assunto.

Pagamos a conta e saímos da lanchonete rumo à sorveteria. Lisa pediu duas casquinhas mistas e fomos comendo, lado a lado, caminhando pela rua.

Volta e meia, ela esbarrava em mim enquanto andávamos e conversávamos, lambendo os dedos sujos do sorvete que derretia por causa do calor. Eu estava tão acostumada com as pessoas mantendo distância que, na primeira vez que nos esbarramos, pedi desculpas, mas Lisa não parecia ter problema algum em estar perto de mim.

— Pelo quê? — perguntou, dando mais uma lambida no sorvete.

Dei de ombros, porque nem eu sabia explicar o motivo. Ela mudou de assunto:

— Você é mesmo muito boa em história.

— Que nada, eu só acho legal. História é que nem fofoca. A gente fica sabendo da vida de um monte de gente importante, é tipo acompanhar um perfil de famosos, só que com alguns anos de atraso.

Lisa caiu na gargalhada.

— Nunca tinha pensado por esse lado. Pra mim sempre foi meio chato ter que lembrar de tanta coisa que aconteceu mil anos atrás, quando eu nem pensava em existir...

— Bom, eu não aguento os números. Você é ótima em matemática, mas pra mim exatas não faz o menor sentido.

— Faz todo o sentido do mundo! — exclamou Lisa, levemente ultrajada. — A matemática não falha, tem uma resposta certa e não depende de perspectivas diferentes nem nada. Nas aulas de história, ou de literatura, nunca sei se estou respondendo o que o professor quer de mim. Na verdade, nem sei bem o que ele quer, tem espaço demais para interpretação, várias possibilidades... Fico louca, sério!

Eu ri. Não queria que a conversa morresse, por isso engatei:

— O que está achando do colégio?

— Eu tô gostando. Quer dizer, o tanto que dá pra gostar de escola — completou, rindo. — Mas estou gostando mais das pessoas que tenho conhecido — disse, olhando fixamente para mim.

Fiquei vermelha feito um pimentão mais uma vez, sem saber o que responder. Acho que Lisa percebeu meu constrangimento e já foi mudando de assunto:

— Mas chega de falar de escola, senão vou entrar em parafuso. Me conta um pouquinho mais de você! Do que você gosta?

Conversamos sobre música e ela me passou uma lista de artistas que eu *pre-ci-sa-va* conhecer. Compartilhamos nossos filmes e séries favoritos e mais um monte de coisas triviais. Parece bobo, mas, nessas poucas horas que passamos juntas, senti que ficamos mais próximas, e isso me fez bem.

— Nossa, nem vi o tempo passar! — comentei assim que percebi o dia escurecendo.

— Nem eu. Hoje foi muito bom, Gio.

Corei outra vez.

— Você mora pra que lado? — perguntei.

Ela apontou o caminho e fiquei chocada.

— Ah, legal, a gente mora pertinho! Podemos até voltar do colégio juntas da próxima vez, que tal?

Combinamos que daquele dia em diante iríamos embora juntas, fazendo companhia uma à outra.

— Obrigada pela ajuda — disse Lisa quando paramos em frente à minha casa. — Não sei o que ia fazer sem você. Aprendi muito mais em uma tarde do que em dois meses inteiros!

— Bom, nosso professor não é lá essas coisas, né? Acho que ele fica um pouco mal-humorado por ter que lidar com um bando de adolescentes gritando, sem a mínima vontade de saber o que aconteceu centenas de anos atrás.

Lisa riu.

— É, pensando por esse lado, deve ser difícil mesmo dar aula...

Ficamos em silêncio um tempinho e percebi que não queria me separar dela. Tinha sido bom passar o dia juntas, me distrair e, de quebra, ganhar um sorvete.

— Você me avisa quando chegar em casa?

— Aviso, sim — garantiu. — Até amanhã, Gio.

— Até amanhã, Lisa.

Entrei no prédio, já ansiosa para revê-la no dia seguinte.

Pouco depois, meu celular vibrou com uma mensagem:

Lisa: Cheguei! Amei nossa "aula". Sem zoeira, você me ensinou muito mais hoje do que o prof no bimestre todo hahaha

Sorri e respondi com um emoji. Ficamos trocando mensagens até a hora de dormir. Quando me deitei, estava feliz por ter feito uma nova amizade.

É incrível como um pouco de sorvete é capaz de derreter barreiras que nós mesmos colocamos à nossa frente.

Quando tomamos uma casquinha, voltamos a ser crianças, permitimos nos lambuzar e aproveitar o momento, o sabor que a vida tem. Sorvete tem o poder de aproximar, nem que seja por apenas um instante.

Um viva ao sorvete e a tudo o que ele é capaz de fazer!

Aquele dia foi o começo da nossa amizade. Nós nos falávamos diariamente por mensagem e até criamos o hábito de assistir a filmes juntas por videochamada.

Eu amava filmes de romance, Lisa gostava mais dos de terror. No meio das ligações, ela sempre caía na gargalhada quando eu escondia a cara debaixo do lençol para não ver uma cena que me fazia tremer de medo.

— Você se diverte com o meu desespero, né? — perguntei um dia, depois que terminamos de assistir a um filme com espíritos e jovens burros que entravam em lugares nos quais ninguém com dois neurônios entraria.

— Fala sério, é engraçado!

— Não sei como você gosta disso, eu tenho pesadelo toda vez — comentei.

— Bem melhor do que aqueles filmes supermelosos que você gosta — zombou Lisa.

Eu sabia que, lá no fundo, ela amava os clichês que nós víamos, mas não queria dar o braço a torcer.

— Vamos encontrar um meio-termo, então — propus, e foi assim que mergulhamos no universo dos filmes de ação, que divertiam nós duas.

Um dia, Lisa foi lá em casa fazer uma maratona de *Velozes e furiosos*, com direito a muita pipoca e conversa. Minha mãe até comprou coisinhas para a gente comer, de tão feliz que ficou por eu receber uma amiga.

Lisa também adorava descobrir filmes independentes de gêneros variados, e sempre me apresentava diretores e títulos dos quais eu nunca tinha ouvido falar. Eu ficava fascinada com o roteiro, com as atuações, e os filmes ajudaram a moldar a nossa amizade.

Nós conversávamos sobre quase tudo, mas eu ainda não tinha desabafado sobre como me sentia em relação a minha aparência. Era muito difícil falar daquilo, um assunto que exigia intimidade demais.

Com o passar dos anos, eu não deixara de ter dificuldades em lidar com as minhas inseguranças — só tinha me tornado melhor em disfarçá-las.

— Você é tão confiante — disse Lisa uma vez, provando que as pessoas me achavam mais resolvida do que eu de fato era.

Apenas sorri, um sorriso forçado e fingido que não correspondia ao que eu sentia. Tínhamos saído da aula de educação física, que eu tentava evitar a todo custo porque me sentia exposta. Era diferente de fazer vídeos para postar na internet, quando eu era o texto, a interpretação, outra coisa que não eu mesma — com o bônus de que ninguém estava vendo o meu rosto, nem o meu corpo em si. Na escola não era assim: eu sentia que todo mundo estava reparando no short que marcava tudo o que eu queria esconder.

— Ei, o que foi? — perguntou Lisa, preocupada, como se soubesse que tinha dito algo errado.

Pisquei, surpresa. A minha mudança de humor tinha sido mínima, mas, aparentemente, ela tinha percebido. Normalmente, *ninguém* percebia, nem mesmo a minha mãe. Como estava me sentindo cada vez mais à vontade ao lado dela, desabafei:

— Ah, é que eu não me sinto assim.

Lisa ficou parada, como se me esperasse falar mais. Respirei fundo e continuei:

— Eu só *pareço* confiante, mas não é bem assim, sabe? E o que tem de bom em ser confiante se não muda em nada quem eu sou? — perguntei, sem esperar resposta. — Faz anos que toda vez que eu piso no médico, pelo motivo que for, até mesmo uma gripe, me dizem que preciso emagrecer. "Ah, você está com uma infecção urinária? Que tal ficar mais magra?" — falei, fazendo a minha pior imitação de médico. — E as minhas tias? Elas adoram falar do meu corpo, de como ninguém vai me querer por ser gorda. Parece que todo mundo sabe o que é melhor pra mim, menos eu.

Lisa me ouvia com atenção. Eu não sabia de onde vinha aquele desabafo todo, mas ela parecia disposta a me escutar e isso me encorajou a continuar.

— E o pior é: eu às vezes acho que essas pessoas estão certas — disse por fim, colocando para fora aquele medo que me sufocava. — Minha mãe me matriculou na natação uma vez e logo nos primeiros dias um menino disse: "olha a baleia chegando!". Nunca mais consegui aproveitar a aula. Eu não gosto de fazer exercício, odeio educação física. Parece que todo mundo só está esperando que eu faça alguma coisa errada...

Fui me lembrando de todas as aulas nas quais minha mãe já tinha me inscrito ao longo dos anos: academia, natação, balé, capoeira, vôlei, qualquer outra atividade que prometesse queimar calorias e movimentar meu corpo. Era só ver um exercício, que a minha mãe já me matriculava.

Além do episódio da natação, eu não conseguia apagar da memória as aulas de dança. Eu sempre me sentia desengonçada ao lado das meninas magrinhas que recebiam elogios por sua delicadeza e elegância — duas características que nunca atribuíram a mim. Quando conseguia enrolar o professor de educação física para não participar da aula, elaborava relatórios ou dava voltas na quadra: tudo para evitar que me olhassem torto pelo meu peso.

— Eu passei a vida sendo chamada de sedentária e doente — falei, um pouco mais baixo, envergonhada.

Aquilo pesava em mim mais do que eu gostaria de admitir. Eu queria gostar de praticar esportes. As pessoas pareciam se divertir tanto! Só que eu não via referências inspiradoras na área, não conhecia pessoas gordas que dançavam, jogavam, praticavam o que quer que fosse. O exemplo gordo era sempre reforçado como preguiçoso e despreparado para a atividade física. E era nisso que eu tinha passado a acreditar.

Lisa, que até então tinha escutado em silêncio, chegou um pouco mais perto e afastou uma mecha de cabelo do meu rosto. Eu estava suada e me sentindo estranha, porque sempre parecia transpirar muito mais que as outras pessoas nessas horas, mas ela não mostrou se importar.

Só o toque suave de Lisa já fez com que eu me sentisse um pouco melhor. Diferente.

— Você é linda do jeito que é, Gio. Gorda, com o peso que tem. E pode fazer o que quiser, independente do que as pessoas te digam. Eu sei que falar é fácil, mas queria que você conseguisse se ver como eu te vejo: uma garota inteligente, divertida, talentosa, bonita e que pode alcançar o que quiser.

As palavras me fizeram corar. Eu já tinha tentado me convencer daquilo inúmeras vezes, mas a confiança não durava muito. Não estava acostumada a ser elogiada daquele jeito. Parecia que, desde que eu entendi que era gorda, todos os elogios eram condicionais. Dependiam de eu emagrecer. Eu era bonita *apesar de*. Não me lembrava da última vez que tinha me sentido bonita por inteiro, com aquele quentinho no peito que me dizia que estava tudo bem em ser eu.

Olhei para Lisa me lembrando do primeiro dia em que ela entrou na sala de aula exalando confiança. Como ela tinha sido capaz de me passar aquilo?

— Ouvi muitas coisas sobre mim a vida inteira — disse ela, se abrindo, como se entendesse o que eu queria perguntar. — As pessoas falavam do meu cabelo, da cor da minha pele... Eu também acreditei por anos que não tinha como ser bonita porque isso não cabia a meninas como eu. — Havia dor em sua voz, e pensei em todos os comentários maldosos que ela devia ter escutado ao longo dos anos. — Mas eu *sou linda*. Posso não acreditar nisso o tempo inteiro, mas é verdade. E é verdade pra você também. Pelo menos, eu acho.

Lisa deu um sorriso tímido que quase não combinava com sua segurança constante, e entendi que ela estava mostrando suas vulnerabilidades para mim naquele momento. Suas palavras finais tinham deixado um friozinho na minha barriga que eu não sabia explicar.

Não entendia que tipo de mágica ela tinha feito, mas naquele dia, e em vários outros que vieram depois, Lisa foi capaz de me fazer olhar para mim mesma com mais gentileza.

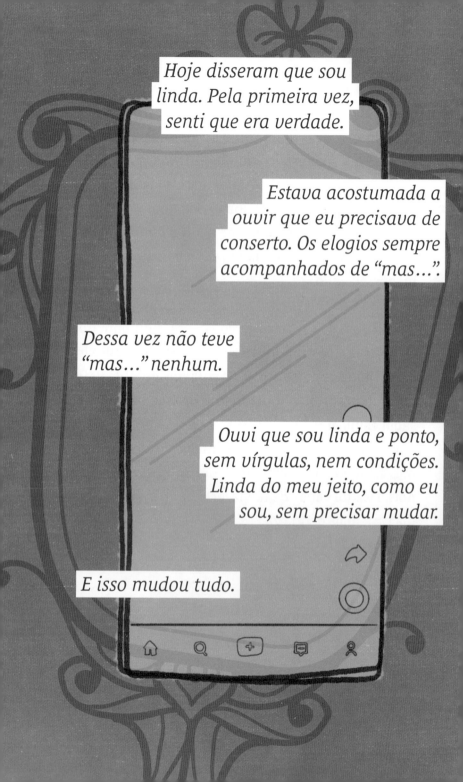

A amizade com Lisa foi se transformando em algo a mais no meu coração, mas ainda não sabia explicar bem o que era. Ela me valorizava, me incentivava, ignorava as regras dos outros sobre meu corpo. Com Lisa não existia medo ou dúvida. Com ela eu queria quebrar todas as regras e viver as melhores aventuras.

Em uma de nossas noites de filmes, escolhemos *Respire*, um filme francês sobre duas adolescentes de dezessete anos, uma delas tímida e a outra nova no colégio. Uma parte dele me lembrou Lisa e eu, mas a outra — quando as coisas vão ficando mais sombrias — não tinha nada a ver com a gente.

Apesar disso, o filme deu uma ideia para Lisa.

— E se a gente não for à escola amanhã? — perguntou, assim que o filme acabou, enquanto mexia no celular.

— Tá doida? — rebati. — Nunca matei aula na vida.

Sempre fui certinha com a escola, mesmo naquelas aulas que não me interessavam tanto.

— Nada! Tá dizendo aqui na previsão do tempo que vai fazer um solzão, mas no fim de semana vai chover... Sei lá, Gio, de vez em quando não te dá vontade de fazer algo novo? Viver alguma coisa pela primeira vez?

Parei para pensar. Claro que eu tinha vontade de fazer coisas novas, me permitir viver experiências que nunca aproveitei antes, mas...

— Ah, não faz essa cara — disse Lisa, cortando os meus pensamentos. — Uma praia, amiga. No meio da semana, vazia, sem aquele tanto de gente...

Lisa trabalhou firme no convencimento e, no fim das contas, acho que ela nem precisou se esforçar *tanto* assim, porque logo eu tinha concordado e, na manhã seguinte, nos encontramos no meio do caminho até a escola, entramos em uma padaria, pedimos para usar o banheiro e nos trocamos. A mochila estava pronta para a praia e tínhamos saído de biquíni por baixo do uniforme.

O nervosismo por estar fazendo algo "proibido" passou rápido. Quando estávamos estiradas na areia, pegando sol e bebendo água de coco, logo me esqueci de tudo.

Foi nesse dia que começou a tradição das "primeiras vezes". Lisa me deixava destemida. Com ela ao meu lado, nada me dava medo, e a gente se meteu em várias peripécias — e uma penca de enrascadas também, mas que pelo menos viraram histórias para contar.

Depois daquele dia, começamos a fugir sem rumo: passamos horas em um parque, pegamos carona, vimos o dia nascer sem dormir; a única regra era fazer algo pela primeira vez, e com ela eu queria fazer tudo.

A gente morava no subúrbio do Rio, em Campo Grande, então volta e meia batia aquela sensação de que a cidade não era para nós. Estávamos acostumadas à vida suburbana, mas a verdade era que queríamos mais do que aquilo. Tudo que acontecia de inovador e descolado era longe, precisávamos pegar dois ou três transportes diferentes e ficar horas neles para chegar. Mesmo assim, quando saíamos da bolha do nosso bairro, era tudo mágico. E aquela magia só existia porque Lisa sempre arrumava uma forma de torná-la mais forte. Juntas, nós queríamos desbravar um mundo que, teoricamente, não era nosso, mas fazíamos ser.

Um dia, no intervalo de aula na nossa escola interiorana tradicional, Lisa me convidou para mais uma primeira vez:

— Você viu que vai rolar um festival gratuito com vários shows na praia de Copacabana? A gente *tem* que ir, vai ser perfeito!

Fiquei muito empolgada e senti um friozinho na barriga. Ela não estava falando só que queria ir, mas que queria que fôssemos juntas. Então, respondi:

— Ai, vi num post ontem, e fiquei chocada! Vai rolar um monte de show maravilhoso. Eu adoraria ir, mas nunca fui a um show grande assim sozinha, acho que a minha mãe não ia deixar... Ainda mais que é de graça, deve ficar lotado, e ela morre de medo de me roubarem e tal.

— A minha também não deixa, mas se a gente bolar um plano... — disse Lisa, com uma expressão divertida de quem estava maquinando.

Logo ela começou a traçar uma rota, uma estratégia que era capaz de convencer qualquer um em dois tempos.

Apesar de ter topado, eu estava morrendo de medo. Copacabana era longe. Claro que já tínhamos matado aula para ir à praia, mas tinha sido durante o dia. O festival começaria no final da tarde e avançaria pela madrugada. E ninguém iria saber onde estávamos, já que, para conseguirmos ir, precisaríamos mentir para as nossas mães... Mas Lisa me dava forças para enfrentar qualquer coisa e, como o festival era de graça, pelo menos não precisávamos arranjar dinheiro.

Assim, lá fomos nós duas, atravessando o Rio de Janeiro e fingindo que iríamos dormir uma na casa da outra. Era aquele nosso grande plano genial: o clássico e corriqueiro "vou dormir na casa da minha amiga". Eu torcia para dar certo, porque sempre que eu falava que ia fazer algo com a Lisa minha mãe ficava feliz.

Entramos no trem e nos sentamos no fundão, que serviria de camarim. Da mochila iam surgindo maquiagens, roupas, muitos acessórios. Um toque aqui, uma ajuda ali e estávamos prontas para viver aquele momento juntas. Tudo era novo e emocionante, as ruas lotadas, as cores, os cheiros, a música, a nossa confiança se expandindo, o risco, a parceria, a gente caminhando de mãos dadas na multidão, com areia dos pés à cabeça.

Quando a primeira banda subiu ao palco, o público todo foi à loucura — nós inclusive. Era diversão de verdade. Nunca tinha sentido a vibração da música e da multidão assim, tão de perto, mas eu me sentia abraçada por aquilo tudo, como se não soubesse existir fora daquele universo.

A vida estava ganhando novos sentidos e perspectivas.

— Como a gente passou uma vida inteira sem nunca ter experimentado uma coisa dessas antes? — perguntei extasiada no ouvido de Lisa, enquanto um show rolava nas alturas.

Ela sorriu e disse:

— Aproveita, primeira vez só tem uma!

E eu aproveitei cada segundo. Cantamos a plenos pulmões, pulamos, nos esgueiramos para ficar perto da grade, interagimos com muita gente legal e diferente, e curtimos o nosso primeiro grande festival.

Já passava da meia-noite quando o último artista subiu ao palco, e a madrugada tinha avançado quando o festival finalmente acabou. Eu estava destruída e ainda tínhamos que enfrentar vários transportes para voltar para casa. Mas valeu a pena. Nunca tinha me divertido tanto em uma noite, e mal conseguia encontrar as palavras para descrever o que vivemos.

— Cara, foi insano! — exclamou Lisa, se jogando no meio-fio.

Os shows já tinham acabado, mas ainda estávamos cercadas de gente. Várias pessoas tentavam conseguir um carro por aplicativo, mas poucas tinham a sorte de arranjar uma corrida no meio daquela multidão. Calculamos errado e os trens já tinham parado de circular por causa do horário, demoraria algumas horas até que conseguíssemos pegar o primeiro do dia de volta para casa — mas estávamos tão extasiadas que nem nos desesperamos, até porque seria esquisito chegar de madrugada, já que era para estarmos dormindo uma na casa da outra. Ainda tínhamos um bom tempo para matar até voltar.

Apoiei a cabeça no ombro de Lisa, suspirando.

— Foi perfeito — garanti.

Era gostoso e diferente estar ali ao lado dela, depois de aproveitar vários shows incríveis. Senti meu coração bater um pouquinho mais forte e, apesar de estarmos suadas e sujas de areia, ainda dava para sentir o perfume de Lisa, um cheiro ao qual eu estava me acostumando cada dia mais e que me trazia muito conforto.

— Tive uma ideia — ela disse, e eu tirei a cabeça de seu ombro antes que ela se colocasse de pé num pulo.

Era sempre assim. Lisa era cheia de ideias e energia, cheia de vontade de viver e aproveitar. E eu adorava admirar aquilo tudo.

— Vamos ver o sol nascer no Arpoador, não é muito longe daqui.

— Lisa, fala sério! É de madrugada, como a gente vai até lá?

— Andando, ué. A rua tá cheia de gente ainda, aposto que mais pessoas vão ter a mesma ideia.

Senti um friozinho na barriga, o que sentia todas as vezes que Lisa fazia a proposta de mais uma primeira vez. Só que dessa vez eu hesitei.

— Mas Lisa...

— Amiga, não tem como a gente voltar pra casa a essa hora. Primeiro: estamos totalmente suadas. Segundo: já passou das três da manhã, nem sei que horas sai o próximo trem. Você prefere ligar para as nossas mães e pedir para virem nos buscar? Elas vão virar duas feras, não gosto nem de pensar em como seria a reação delas. E a noite está tão legal! Essa pode ser mais uma primeira vez.

Ela tinha razão.

— Você sabe chegar lá? — perguntei.

— A gente descobre.

Andamos até chegar ao Arpoador, seguindo o fluxo das pessoas do festival que claramente tiveram a mesma ideia. Lá, esperamos o sol nascer, tingindo o céu de laranja e fechando com chave de ouro um dos dias mais incríveis da minha vida.

Fiquei com um pouco de medo de que a minha mãe descobrisse que eu tinha ido para o outro lado da cidade sem avisar. Antes de embarcar de volta para casa, nós duas entramos no banheiro de uma padaria, tiramos a maquiagem, nos livramos um pouco do suor, da areia e da sujeira acumulada do festival e trocamos de roupa, fazendo nossas melhores imitações de quem tinha passado a noite vendo filmes na casa da amiga.

— Relaxa, nem parece que você virou a noite acordada pulando — disse Lisa, ao perceber que eu estava um pouquinho tensa.

— Ai, sei lá.

— Você ficou nervosa igual naquele dia que a gente matou aula, e deu tudo certo!

Nós duas rimos.

— Fico parecendo até meio certinha, né?

Lisa ergueu a sobrancelha.

— E não é?

O jeito que ela perguntou me fez corar.

— Só às vezes — respondi.

Eu me lembrei, de repente, de coisas e de pessoas da quais não queria lembrar. Não quando estava ao lado de alguém como Lisa, que fazia eu me esquecer de tudo.

Quando enfim pegamos o trem depois do metrô, ela caiu no sono e só acordou na estação em que precisávamos descer, como se tivesse sido programada para isso. Eu, por outro lado, não consegui relaxar, apesar de o nosso plano "perfeito" ter dado certo.

Entrei em casa mais preparada que vendedor de guarda-chuva em dia de temporal. Apesar de ser manhã de domingo, minha mãe estava sentada na mesa da sala, concentrada, corrigindo provas.

— Oi, mãe.

— Já chegou, filha? Como foi na Lisa? Fiquei corrigindo provas até tarde ontem à noite e, ó, ainda não acabou. Até que foi bom você ter dormido lá — disse ela, meio cansada e distraída, sem nem olhar muito na minha direção.

— Foi tudo tranquilo. Só não dormi direito, a gente ficou vendo filme até muito tarde, vou cochilar um pouco — menti, indo de fininho para o meu quarto.

— Tá bem, descansa mesmo, porque mais tarde pensei em sair para almoçar, estou cansada pra fazer comida.

— Certo, quando for sair me chama.

Ufa! Foi como tirar um peso das costas e poder ficar só com as lembranças boas do show.

Corri para o quarto e caí no sono, meus sonhos preenchidos pelas lembranças daquela noite inesquecível.

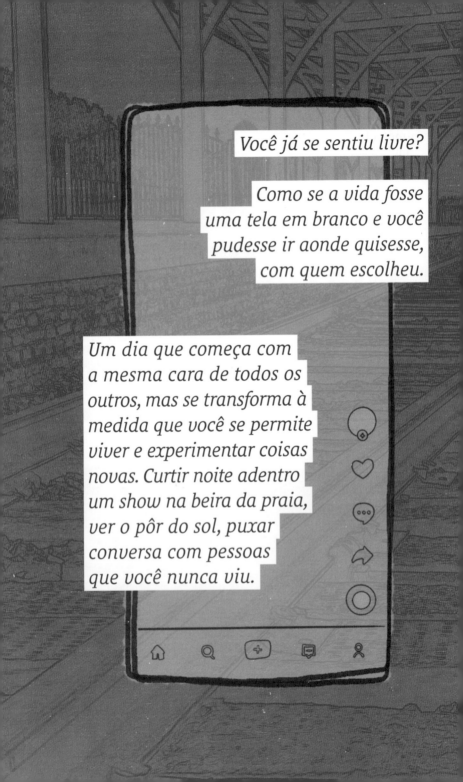

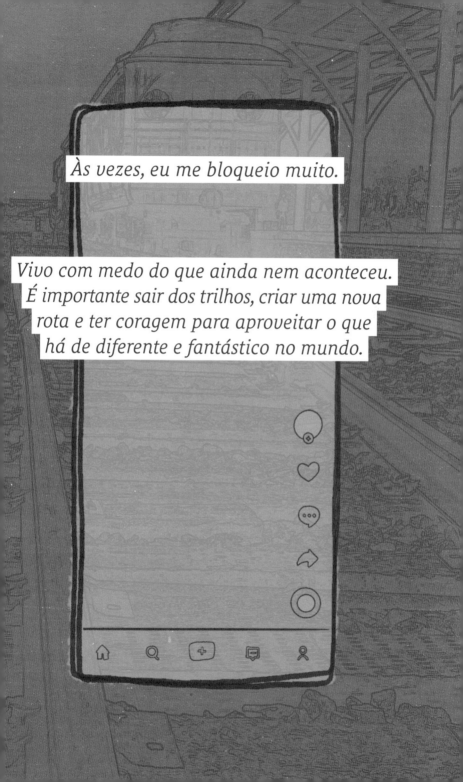

Quanto mais eu me aproximava de Lisa, mais a necessidade de tê-la por perto aumentava. Eu queria novas realidades, novos lugares, novas pessoas. O Rio de Janeiro, antes inacessível, agora estava na palma das nossas mãos. Novas aventuras surgiam o tempo todo, e nosso olhar de admiração, nossa cumplicidade aumentavam. Um dia, estava em casa editando um vídeo sobre lojas de roupas de tamanho grande — naquela semana, tinha passado por algumas na rua e reunido imagens, comparando com outras que vendiam roupas *plus size* pela internet —, quando recebi uma ligação de vídeo da Lisa. Atendi correndo.

— Oiiii!

— Hellooo! — cumprimentou ela, radiante como sempre. — Vamos dar uma volta?

— Bora — concordei, mesmo sem saber aonde iríamos ou quais planos ela tinha.

A Gio medrosa e cheia de dúvidas estava começando a ficar para trás. Eu tinha me acostumado a deixar a vida me levar — ou melhor, a Lisa. Nunca me arrependia quando a seguia.

— Tem uma trilha surreal num morro aqui perto. Vamos subir para ver as coisas lá de cima?

— Trilha? — perguntei, erguendo a sobrancelha.

— Trilha, ué! Qual é o problema?

Pensei um pouco. Não estava acostumada a praticar atividades físicas. Eu nem tinha certeza do que gostava ou não, e ainda não tinha me permitido experimentar aquilo.

Só que Lisa estava me dando a oportunidade de me permitir. As minhas poucas memórias de trilha envolviam a minha família e muitos mosquitos, passeios meio sem graça. Mas, quando nós duas saíamos juntas, nada era sem graça. Por isso, acabei concordando.

— Tá bom, vamos! Acho que eu nunca fiz uma trilha por vontade própria, mais uma primeira vez — disse, dando risada.

Subimos a trilha, que era bem tranquila, à tarde, e percorremos o caminho acompanhadas pela luz do sol. Senti um friozinho na barriga, uma empolgação por ver que o trajeto estava cheio de descobertas — e também de perigos, mas fazia parte da aventura. Com Lisa, a vida era assim.

— Você já veio aqui muitas vezes? — perguntei enquanto a seguia.

Lisa me guiava como se conhecesse o lugar como a palma da mão.

— Gosto de fazer essa trilha para me distrair, pensar... — respondeu, como se estivesse perdida em devaneios. — Como é perto de casa, meu avô trazia a gente aqui pra passear quando eu era criança, e peguei esse costume. Queria compartilhar com você esse cantinho especial.

Meu coração ficou quentinho ao ouvir aquilo.

— Nossa, agora nosso passeio ficou ainda melhor. Obrigada por compartilhar algo tão seu comigo, que honra — respondi.

Lisa olhou para mim e deu um sorriso que era capaz de me aquecer por inteira.

Quando finalmente chegamos ao topo, o sol já começava a se esparramar preguiçosamente sobre a cidade, querendo dar tchau. Observamos ele descer e admiramos as luzes da cidade se acendendo pouco a pouco lá embaixo, onde tudo parecia pequeno e distante. As ruas pareciam rios, as casas eram pequenos pontos luminosos. A lua cheia, enorme e linda, começava a surgir. Nós nos sentimos poderosas, cúmplices de um momento especial. Era como se o Sol, Vênus, Júpiter, a Terra e até a Lua se alinhassem para nos ver sorrir. Naquele momento, Lisa olhou bem fundo nos meus olhos e disse:

— Gio, você é muito importante para mim, e…

Meu coração saltou pela boca, e respondi, ansiosa, antes que ela terminasse a frase:

— Você também! Te conhecer mudou a minha vida.

Era a mais pura verdade. Depois de Lisa haver cruzado o meu caminho, tudo tinha se transformado. Passei a ver o mundo com outros olhos, a me abrir para coisas novas. Antes eu me escondia de novas experiências, mas ao lado dela estava pronta para abraçar o que surgisse em meu caminho.

Ficamos em silêncio, observando uma à outra, o sol se pondo atrás de nós. Nos olhamos pelo que pareceram horas. Eu sentia a respiração dela cada vez mais próxima, me chamando. Em um movimento forte e delicado, colamos nossos rostos, e os nossos lábios se encontraram. Naquele instante, não havia pressa, era tudo fluido e intenso, como um balé de toques que se aproximam e se afastam lentamente. Um beijo verdadeiro. O tempo parou. Estávamos mergulhadas na eternidade daqueles segundos.

Percebi que eu me lembraria daquele momento para sempre. Queria guardar aquele instante único e puro de algum jeito, registrá-lo não só na minha memória, mas em algo físico, concreto. Precisava de uma foto. Quis capturar cada sutileza daquele encontro. Peguei o celular e Lisa riu ao perceber o que eu queria fazer. Registrei nossos beijos a fim de captar toda a paixão, toda a ternura. Encostei a cabeça delicadamente no ombro dela e fiz outra foto. Eu estava, literalmente, no auge.

Depois de um tempo em êxtase, iniciamos nossa descida, ainda encantadas e um tanto distraídas. Como já estava escuro, tivemos que ligar a lanterna do celular. Parecia que o planeta tinha mudado de eixo. Não éramos mais as mesmas pessoas que haviam subido aquele morro mais cedo. Muito tinha mudado dentro de nós, algo como descobrir o amor verdadeiro ou, no mínimo, uma paixão avassaladora. Continuar a viver cotidianamente, andar pelas mesmas ruas, ter que voltar para casa parecia tão mundano, tão surreal.

— A gente se vê amanhã... — disse Lisa quando chegamos à rua.

Ainda havia uma aura entre nós pelo que tinha acontecido, mas, por algum motivo, a realidade das luzes da cidade nos deixou um pouco acanhadas.

— Até amanhã... — respondi, sem saber muito bem como me despedir.

Nosso abraço de despedida durou um pouco mais do que o normal. O beijo na bochecha ao dar adeus foi tímido, mas carregado de desejo de que fosse outro tipo de beijo.

Quando finalmente nos separamos, cada uma foi para um lado.

Já no meu quarto, me deitei e relembrei cada segundo do que tinha acabado de acontecer. Observei hipnotizada as fotos que Lisa tinha tirado do passeio e as imagens do beijo que eu registrei no celular. Eram tão lindas! Nunca tinha me visto de forma tão autêntica e bela. Eu me vi uma pessoa digna de amar e ser amada, linda e inteira. As imagens mostravam isso. O que procurei incansavelmente por tanto tempo estava na minha frente. Sentia que estava na direção certa, descobrindo com profundidade quem eu era, descobrindo o amor. Por mim mesma e por outra pessoa. Guardei as fotos em uma pasta especial do rolo da câmera, como uma lembrança do nascimento daquele amor, e me preparei para dormir deliciosamente o sono das justas.

Ainda parecia estar levitando, flutuando em direção às nuvens. Era a primeira vez que eu beijava alguém que não queria apenas se aproveitar de mim. Só de me lembrar do meu primeiro beijo e de tudo o que veio depois já me dava raiva. Com Lisa, essa sombra de desprezo sumira, substituída por algo maior e melhor. Era a glória.

Meu corpo é livre.

Um corpo livre é um corpo que vive a vida e as infinitas possibilidades que pode experimentar. Livre para amar, desejar e viver. Costumo me sentir livre quando pratico atividades desafiadoras, quando viajo, quando uso uma roupa e me sinto bem, quando sinto prazer. Quando descubro uma parte nova de mim.

Ter um corpo livre é ser dona das minhas escolhas e lidar com as consequências. É viver por inteiro as dores e as delícias.

É, principalmente, ser livre nos meus limites e não ultrapassar o limite de ninguém, afinal, liberdade é assim mesmo.

Não estava acostumada a receber carinho. Passei tanto tempo ouvindo que havia algo de errado comigo, que passei a acreditar que deveria aceitar qualquer migalha de afeto.

Antes da Lisa aparecer na minha vida, eu só tinha a Ju de amiga. Lembrava como se fosse ontem de quando ela me ligou fazendo um convite especial, daqueles que eu não costumava receber:

— Sabe aquele lugar maravilhoso em Angra dos Reis que comentei com você? Onde a gente tem um apartamento? Vamos no final de semana que vem, e minha mãe me deixou levar uma amiga pra curtir. Quer ir?

— Claro, seria o máximo! — respondi. — Vou falar com a minha mãe.

Aquela época tinha sido o auge das minhas dietas; eu não aguentava mais anotar tudo o que comia, viver presa a planos alimentares e a uma rotina que detestava. Tudo o que precisava era de um descanso... Ir à praia, respirar novos ares, conhecer gente nova, andar tranquilamente. Já dava até para sentir a brisa do mar no rosto.

— Então, tá. Vou torcer para dar certo, só me avisa para eu combinar com os meus pais. Vai ser tudo! Beijo!

— Beijo! — respondi, já pulando de alegria.

Corri para a sala no mesmo instante.

— Mãe! A Ju me chamou pra viajar pra casa de praia dela e eu quero muito ir. Fica num condomínio megachique em Angra, tem até praia privativa! Por favor, por favor, deixa?

Minha mãe ficou superfeliz, porque sempre achou que eu ficava muito enfurnada em casa e tinha poucos amigos.

— Claro. A família da Ju é muito tranquila, pode ir, sim. Deixa só eu falar com os pais dela pra combinar, tá?

Eu não estava nem acreditando em um momento de paz e diversão em meio a tanta chatice e obrigação com a dieta. Imagina só: viajar para a praia, em um lugar superchique em frente ao mar! Estava radiante, nunca tinha ido a nenhum lugar parecido. Foi aí que minha mãe deu uma ideia mais maravilhosa ainda:

— Vamos ao shopping comprar uns biquínis pra viagem? Faz tempo que a gente não vai à praia, nem sei se as roupas antigas ainda servem.

Além de viajar ainda ia ganhar roupas novas? Aquele dia estava prometendo.

— Vamos! Quem sabe a gente acha uma saída de praia também... e um chinelo novo, talvez um chapéu...

Cheguei ao shopping feliz da vida, mas logo descobrimos que nenhuma das cinco lojas de roupa de praia tinha biquínis que coubessem em mim. Nenhuma! Já estava ficando triste, mas não me deixei abalar.

— Vamos tentar nas lojas de departamento — propus.

Minha mãe concordou, confiante, e seguimos para a próxima loja, onde a única coisa que encontramos no meu tamanho era um maiô de um modelo e estampa que não tinham nada a ver com o meu estilo. Foi produzido provavelmente para quem tem mais de quinze anos e busca trajes para aulas de hidroginástica, não uma viagem à praia. Nas outras lojas, a mesma coisa: as combinações de cores não tinham nada a ver com o que jovens usavam! E os modelos, supercobertos e sem graça. Parecia que algumas lojas simplesmente esqueciam que existiam meninas gordas da minha idade. As opções de peças maiores não combinavam nada com as tendências da moda, e não dava nem para pensar em me expressar por meio das roupas — parecia que, por ser gorda, eu perdia o direito de ter um estilo só meu.

— Ai, não! — reclamei. — Assim eu não vou conseguir comprar é nada...

Já estava bastante estressada e suada de tanto colocar e tirar roupas que, quando cabiam, ficavam tenebrosas ou completamente sem graça. Comecei a me sentir quase claustrofóbica nas cabines, o tecido dos maiôs colando no corpo e a sensação cada vez mais forte de que era melhor desistir e ir para casa, porque não iria encontrar nada que coubesse em mim por ali. E nem dava tempo de pedir pela internet, já que o convite tinha sido feito em cima da hora e a entrega demoraria alguns dias.

O desânimo por fim me atingiu em cheio, até que desisti.

— Ah, mãe, acho que não vou pra praia...

— Por quê? — perguntou ela, colocando as mãos na cintura.

— Porque não tem nada pra eu vestir! — falei, tentando disfarçar o nó que estava se formando na minha garganta. — Posso dizer pra Ju que estou menstruada, por isso não vou entrar na água.

Minha mãe, vendo minha aflição, disse:

— Nem pensar, meu amor! Não fica assim, vamos dar um jeito. Tenho umas roupas de praia bem legais lá em casa, eu te empresto.

Respirei fundo, tentando evitar que as lágrimas rolassem. A minha mãe era incrível e estava disposta a fazer o possível para que eu aproveitasse aquele final de semana. Ela me abraçou e caminhamos juntas até a praça de alimentação, onde ganhei um sorvete de consolação.

Em casa, arrumando as malas, eu sonhava com a viagem, o sol batendo no meu rosto, os cabelos voando com a brisa marinha, um romance arrebatador que mudaria minha vida... Dormi meio inebriada por essas fantasias misteriosas com cheiro de maresia. No dia seguinte, tinha marcado de chegar na casa da Ju às duas da tarde. Tomei um banho e terminei de arrumar minhas coisas. Almocei com a minha mãe e botamos as malas no carro. Encontramos a Ju e a Léa, mãe dela, na garagem do prédio — o pai não ia poder viajar com a gente, tinha que trabalhar naquele fim de semana. Fazia um dia lindo, ótimo para pegar a estrada. Assim que nos vimos, eu e a Ju começamos a pular de alegria e gritar de empolgação, para todo mundo ouvir.

A diversão do trajeto durou até a primeira hora, quando pegamos um trânsito enorme e o tempo de deslocamento dobrou — a viagem que duraria duas horas agora levaria umas cinco. Espremidas dentro do carro, morrendo de calor, comemos frutas e sanduíches ali mesmo. Péssima ideia: com o balançar do carro nas curvas da estrada, comecei a passar mal e vomitei; por sorte, deu tempo de abrir as janelas e nenhuma tragédia aconteceu, mas senti que a Léa ficou meio ressabiada comigo, talvez com medo de que eu pudesse dar trabalho durante os dias de passeio. Tentei não ligar para isso. Já um pouco melhor, encostei a cabeça na janela e cochilei.

Ju e eu estávamos dormindo de babar quando a mãe dela nos chamou:

— Chegamos, meninas! Peguem suas coisas!

Muito felizes, descarregamos o carro e fomos entrando. O apartamento era lindo, dava para ouvir o barulho das ondas batendo na praia e para ver e sentir tudo da varanda. A Ju tinha um quarto superfofo, e nós duas dormiríamos ali. Por causa do trânsito, já era de noite quando chegamos, por isso não saímos mais — eu estava morrendo de curiosidade de ver aquele paraíso de dia. Pedimos pizza para jantar e fofocamos a noite toda, dormimos conversando. No dia seguinte, bastou uma abrir os olhos para a outra acordar também.

— Bom dia! Olha só que dia lindo — exclamei animada, admirando o céu iluminado pela janela.

— Vamos já pra praia! — respondeu Ju, vestindo o biquíni.

Léa estava terminando de tomar o café da manhã quando chegamos na cozinha.

— Bom dia, dorminhocas — cumprimentou. — Já vi que estão doidas pra ir à praia. Parece que a Lurdes e o Nelsinho trouxeram o Yuri também. Podem descer na frente, mais tarde encontro vocês na piscina, não sou muito de areia. Só não se esqueçam de comer alguma coisa. Ah, vai ter uma festa com banda mais tarde aqui no condomínio. — E completou, mais para ela do que para nós: — Um luxo, não é à toa que seu pai paga uma fortuna por esse apartamento pra gente curtir, já que ele só trabalha!

— Nossa, tenho que começar a pensar no que vestir na festa — disse Ju. — Eu trouxe uma saia de pelucinha, tem um cropped babado também...

— Eu quero conhecer cada cantinho desse sonho de lugar, mas acho que nem tenho roupa pra isso tudo — confessei, dando uma bela risada.

Fomos em direção à praia e a Ju me apresentou o condomínio todo pelo caminho: o salão de festas, a sala de jogos, a copa, o restaurante, a lanchonete, a piscina, a sauna, o parque e, finalmente, a praia! Era linda, reservada, de mar azul clarinho. Fiquei me sentindo um pouco esquisita quando vi as pessoas ali, porque todo mundo que estava pegando sol, jogando bola, correndo e tomando sorvete parecia saído de um comercial. Famílias perfeitas, crianças com babás, senhores distintos. Não havia outra pessoa gorda no meu campo de visão, e eu me senti muito diferente. Mas sacudi a poeira e segui em frente. Tirei a saída de praia e, feliz da vida, mergulhei no mar com a Ju.

— A água está uma delícia! — comentei.
— Está mesmo! Que bom que você veio, é muito mais divertido ter companhia. Vir só com a minha mãe é muito chato — disse ela.

De repente, o olhar de Ju foi parar do outro lado da praia.

— Olha lá! — falou. — É o Yuri com os amigos! Eu sou louca pelo Leo, aquele ali de sunga azul. Eles ficam o dia todo jogando bola, mas de noite o pessoal curte na sala de jogos e rolam umas brincadeiras *divertidas* — contou, com um sorrisinho no canto da boca.

— Que tipo de brincadeira? Estou captando uma sutil malícia no ar? — perguntei, curiosa.

— A gente começa jogando baralho, pingue-pongue e tal, mas depois passa para verdade ou consequência, eu nunca, e essas brincadeiras que ajudam a dar aquela chegada, se é que você me entende.

— Hummm, já quero — confessei. — Sempre achei o Yuri uma gracinha.

Conhecia o Yuri da escola, mas a gente quase não se falava — eu nunca tive muita facilidade em socializar. A festa podia ser a chance perfeita de nos aproximarmos, ainda que eu não tivesse tanta autoconfiança quanto a Ju para puxar uma conversa. Vivia tentando disfarçar minhas inseguranças e o medo que sentia de não ser aceita, de não ser desejável.

Ficamos um tempão curtindo o mar e, assim que saímos da praia, encontramos a tia Léa na piscina.

— Como está a praia? — perguntou. — Vocês comeram? Pedi umas porções pra gente comer por aqui.

— Que bom, já estou mesmo com fome — disse a Ju. — A praia está, ó, uma delícia, a gente nem lembrou de comer.

Ela buscou a cumplicidade no meu olhar, como se dissesse nas entrelinhas que os meninos que encontramos também estavam uma delícia. Fiquei meio envergonhada de falar daquilo com a tia Léa, então desconversei:

— É, a água está ótima.

Léa percebeu os olhares suspeitos e entendeu logo.

— É, meninas, vocês têm que se divertir mesmo. No meu tempo, a gente paquerava muito, era só vir pra praia que ó... Tem que aproveitar, sabe? — comentou. — Mas tem que sempre manter os limites saudáveis, ok? — completou.

Aquela era uma frase típica de mãe, e nem a tia Léa, que tentava ser "descolada", escapava do clichê.

— Tá vendo, Gio! Você fica aí cheia de historinha, mas até a dona Léa teve seu auge — disse a Ju, rindo muito.

— Tia Léa tá certíssima — respondi, meio sem graça, sentindo as bochechas queimarem.

A comida chegou. Era tudo muito chique: as bebidas vinham com guarda-chuvinha e as travessas eram cheias de frutas, frutos do mar, iguarias. Minha família só comia coisas assim ou ia a um lugar daqueles em ocasiões superespeciais. Já para Ju e tia Léa parecia bem cotidiano. Se pudesse, eu me acostumaria fácil, fácil àquela vida. Toda hora que batia uma fominha, era só pedir que traziam as coisas mais gostosas e refinadas. Tipo um sonho. Passamos o dia no clima de diversão e ostentação.

Teve só um momento em que a Léa fez uma pergunta estranha, mas tentei não encanar. Eu estava sentada na espreguiçadeira em frente àquelas porções maravilhosas, comendo feliz, quando vi a Léa me olhando com um sorriso congelado no canto da boca:

— Você não liga muito pra aparência, né!? Acho isso tão legal. Come mesmo e nem se importa com o que vão pensar. É feliz assim desse jeitinho, isso que importa.

Fiquei confusa: parecia um elogio, mas também uma crítica. E o jeito que ela pronunciou a palavra "come", seu tom era quase acusatório. Ainda não tinha aprendido a identificar o que mais tarde comecei a chamar de "elofensa", aquelas ofensas disfarçadas de elogio, mas o desconforto sempre esteve lá. Sorri meio sem jeito e não disse nada. Ela logo se levantou e foi fazer outra coisa.

Fiquei incomodada, mas era tanta coisa legal acontecendo que me deixei levar. Voltamos para a praia e de lá vimos o pôr do sol maravilhoso que despontava no horizonte. Todas aquelas palavras se dissolveram nas ondas quebrando com aquele degradê perfeito do céu refletido sobre o mar. Quando escureceu, todo mundo começou a voltar para suas casas. Ju, sempre atenta, logo percebeu o movimento e me chamou para nos arrumarmos:

— A gente tem que ficar bem gata.

— Claro! Hoje vai ser demais — respondi, o mais animada possível.

Estava sufocando a insegurança de minha roupa não ser tão legal ou não ficar tão bem. Insegurança por não saber me maquiar nem ter maquiagens bacanas. Por não saber fazer penteados. Por saber que eu transpiro à beça e que, com o calor que estava fazendo, ia ficar vermelha e suada, e a maquiagem ia derreter. Tudo isso que eu sentia ia me embrulhando o estômago, misturado a uma empolgação enorme por conhecer tantas coisas novas que não pareciam acessíveis do apartamento em que morava com a minha mãe, tão diferente daquele lugar onde a família da Ju ia sempre que queria.

Começamos o ritual de beleza para a noite: xampu, condicionador, mil cremes, perfume... A Ju, ainda por cima, estava cheia de "roupas que disfarçavam", como ela dizia — só não sei exatamente o que queriam disfarçar —, além de saltos que alongavam, peças que marcavam a cintura e alisavam a barriga... Um desespero! Nem sabia que existiam tantas coisas a serem corrigidas com truques de beleza. Eu tinha levado dois vestidos, um short, três camisetas e uma saia. Nada de salto, cinto, hot pant, bojo... O que eu faria? Escolhi um dos vestidos, o que parecia mais arrumadinho, e caprichei no batom. Passei logo um preto, para chegar chegando!

Apesar de tudo, no fim me senti bem com o look. Da varanda do apartamento já dava para sentir a animação da festa lá embaixo. Eu estava doida para descer. Para passar perfume, Ju espirrava um pouco à sua frente e desfilava pelas gotas perfumadas. Por fim, ela pegou a bolsinha cor-de-rosa e falou:

— Agora, sim! Estamos maravilhosas, bora!

— Ai, meu Deus. Espero que seja incrível! — eu disse, calçando o tênis.

Ju falou alto o suficiente para que Léa ouvisse, e ela veio do outro quarto para se despedir da gente:

— Meninas, juízo, hein, e não sumam! Mais tarde vou com a Lurdes pro bar da piscina. Passem por lá de vez em quando pra eu saber que estão bem, tá?

Deixamos o apartamento como se algo mágico ou imprevisível pudesse acontecer naquela noite. Ju logo se adiantou:

— Vamos para a sala de jogos. A festa mesmo só começa mais tarde. Agora a gente faz um esquenta com a galera.

— Tudo bem — respondi.

Qualquer ideia parecia maravilhosa. Eu estava muito animada.

— Quem será que vai estar lá? — Ju perguntou. — Só queria um Leozinho bem facinho me olhando na sinuca — completou, dando uma risada cheia de segundas intenções.

— E eu só queria um Yuri jogando xadrez e me dando um xeque-mate — disse, julgando a mim mesma logo em seguida.

Uma voz lá no fundo da minha cabeça dizia: "Até parece que o Yuri vai reparar em você!".

Na sala de jogos, a brincadeira já estava adiantada. Nada de sinuca, pingue-pongue ou buraco. Quando entramos, todo mundo já tinha formado um círculo, girando uma garrafa no centro. E logo um dos meninos, o Pablo, mandou:

— Até que enfim vocês chegaram. Capricharam na produção, hein!? Vamos abrir espaço para essas princesas participarem da brincadeira, porque tem uns caras aqui bem ansiosos.

Eu estava congelando por dentro. Sabia que ele estava falando desse jeito por causa da Ju e do Leo — dava para sentir a tensão entre eles à distância. Eu me sentia tipo um brinde: ninguém conhece o produto, só vem junto com o presente (e nunca é tão bom). Por fora, mantinha a casca descolada, fingindo que era superexperiente e que estava louca para ensinar alguma coisa para aqueles moleques. Eu me portava como se fosse muito mais madura do que eles, mas era só fachada. Assim que me sentei na roda, giraram a garrafa, e ela logo apontou para mim e para Yuri, sem nem dar tempo de me preparar.

Embora estivesse desesperada, olhei nos olhos dele como se mantivesse tudo sob controle. Até eu fui pega de surpresa com a segurança com que me dirigi a ele. Todo mundo na sala começou a zoar e gritar: beija, beija, beija!

O Yuri estava com cara de palhaço, mais bobo impossível. Não seria capaz de tomar uma atitude nem que a sala começasse a pegar fogo. Os amigos deram aquela força básica. E, em meio a tantos olhares, gritos e mãos nos aproximando, aconteceu o meu primeiro beijo. Nada como eu imaginava, bem longe daqueles sonhos que cultivei madrugadas adentro, fantasiando que seria com alguém por quem eu fosse apaixonada e que gostasse igualmente de mim. A vida de fato não acontecia como nos sonhos.

Lembro-me de gostar e estranhar ao mesmo tempo, estava muito nervosa para avaliar na hora. Por dentro, explodia em insegurança, mas não queria de forma alguma demonstrar que aquele era o meu primeiro beijo. E, por instinto, medo ou sei lá o quê, talvez uma necessidade de afirmação, tomei a atitude por nós dois. Segurei forte no braço dele e dei um beijão supercolado e um tanto estranho. Quando nos soltamos e nos olhamos de frente, uma surpresa esquisita. Meu belíssimo batom havia deixado sua marca. A boca do Yuri era só um borrão preto. Avisei, desesperada, e ele se limpou com as mãos mesmo. Todos gritavam e faziam algazarra, zombando do nosso beijo desastroso. Diziam: "Pimba na gorduchinha!", "A gordinha deixou sua marca", e gargalhavam. Todos tinham visto e comprovado nosso primeiro beijo, como testemunhas de um pequeno delito ou uma plateia de um espetáculo bizarro.

Não deu nem tempo de entender o que havia acontecido e logo a garrafa girou de novo: era a vez da Ju viver sua cena no show de horrores da adolescência. No momento dela, nada pareceu tão estranho como comigo. Parecia uma cena típica de todos os filmes de comédia romântica, o casal padrão que já sente atração um pelo outro se beijando, quase chato.

Só que eu ainda estava enlouquecida por dentro, sentindo o coração bater mais forte. Tinha beijado o Yuri! Estava realmente interessada por ele, um menino lindo, gentil e mais um milhão de coisas que eu inventei, porque, na verdade, nunca trocamos muitas palavras.

Começamos a ouvir um som, uma música, vindo do salão: a banda tinha começado o show. Dei a mão para Ju, abandonamos o jogo e fomos para a pista. Nem conseguíamos falar, só sorrir e andar rápido. A banda tocando, a festa rolando animada, já entramos dançando muito, com toda a empolgação. Vi o Leo por trás do palco chamando a Ju, e ela foi saindo de fininho. Pensei: "Pronto! Vou ficar sozinha nessa festa. Capaz de eu acabar a noite com a Léa e a Lurdes jogando buraco no bar da praia". E ri sozinha com a ideia que me ocorreu: "Peraí, jogar com a futura ex-sogra já é demais".

Estava quase me sentindo uma fracassada completa quando olhei e vi, atrás do palco, o Yuri me chamando. Assim como a Ju, fui saindo de fininho, só que na versão gorda.

— Vamos ali comigo, conheço um lugar muito legal — disse Yuri.

Ele parou de andar um pouco e me olhou nos olhos.

— Você foi uma grande surpresa, Gio. Tem uma pegada... Não poderia te deixar escapar sem a gente curtir mais um pouquinho, só nós dois — completou.

Ele falava e me levava por escadas cada vez mais estreitas. A gente subia, subia.

Eu não sabia muito bem o que responder, aquela atitude que demonstrei antes era uma farsa para entreter quem queria saber da minha vida. A verdade mesmo era que aquele tinha sido o meu primeiro beijo. E, se eu estava entendendo bem, ele achava que eu era superexperiente e que provavelmente queria transar com ele em algum lugar deserto.

Ao mesmo tempo, eu estava gostando de fingir que eu era esse mulherão todo depois de tanto tempo me sentindo apagada. Tinha demorado tanto tempo para chegar até o primeiro beijo, vi tantas amigas partirem e eu ficar na casa das BVs eternas, que estava disposta a talvez ver algo mais. Poderia ser legal. Mas até onde eu queria ir? Qual era o limite? Nem eu mesma sabia. Não sabia como dizer aquilo a ele, mas queria descobrir coisas novas com Yuri. Por isso, apenas disse:

— Você ainda não viu nada.

Acabei alimentando aquele jogo, porque queria mais.

Chegamos à cobertura do prédio. Só estávamos nós dois ali e a vista absurda para o mar. Era alto, dava um pouco de medo, um frio na barriga, e era libertador ao mesmo tempo. Só eu e ele, enquanto todo mundo se divertia lá embaixo. Ele me beijou de novo, e foi tão bom, com gosto de novidade, vontade de quero mais. As coisas estavam mais que perfeitas, outro beijo e já me sentia flutuando. De repente, senti a mão dele passando na minha cintura e curti. Quando subiu pelo meu braço, me arrepiei. Quando ele de fato chegou no meu peito, tive um piripaque! As coisas estavam indo um pouco rápido demais. Mas era tão bom ao mesmo tempo... Ele foi descendo com a mão, passando pela minha barriga, descendo pelas minhas costas. Achei que fosse a hora de parar, mas, ao mesmo tempo, sentir que eu era atraente para alguém me fazia bem. As mãos dele chegaram até a minha bunda e apertaram forte. Senti um frio na barriga. Aquilo era demais para mim. Em pânico, saí correndo em direção às escadas.

— Gio, espera! Eu achei que estava tudo bem — chamou ele, tentando me convencer —, que você estava curtindo, que esse era o lance. Não vai embora, vamos conversar.

Eu desconversei:

— Eu tenho que ir, a Léa deve estar preocupada! Eu sumi, a Ju sumiu, preciso ver como estão as coisas. Depois a gente se fala.

Corri até a festa como se fosse tirar alguém da forca. Estava curtindo muito me sentir desejada, desejar, beijar, mas tinha saído do compasso, dos meus próprios limites. Eu até queria continuar bancando a pose de garota experiente e não queria que Yuri se decepcionasse, ainda mais porque não parava de pensar que ele havia feito um favor em ficar comigo, a menina gorda que ninguém queria... Mas eu estava assustada e, ao mesmo tempo, desconfortável com a ideia de ter sido levada para um lugar isolado, longe de todo mundo, com alguém que eu mal conhecia e que tinha tanta atitude. E, no fundo, tudo ainda reforçava minha impressão de que ele podia estar com vergonha de mim.

Minha mente estava a mil. Ficar com Yuri tinha sido bom, mas eu estava confusa. Havia feito bem em fugir dali? Não estava exagerando? Fiquei ainda pior quando entrei no salão. Logo vi a Ju dançando com o Leo, os dois abraçadinhos, para todo mundo ver.

Voltei ao apartamento sem falar com ninguém, e fingi que dormia enquanto relembrava cada pedaço daquela história. Eu me perguntava: será que sou capaz de dar e receber afeto? Só me lembrava de quem me dissera que menina gorda não arrumava namorado. Aquilo estava me matando. Empurrava goela abaixo uma sensação de inferioridade. Minha voz interior me perseguia e repetia sem parar: "ser gorda é uma vergonha, você só serve para ser usada, não é digna de uma relação respeitosa". Dormi nessa programação mental complicada e tenebrosa, nem vi a Ju e a Léa voltarem.

No dia seguinte, eu não era ninguém. Não sabia nem por onde começar um diálogo. O café da manhã na mesa, a Ju nas nuvens de tanta felicidade, Léa com um ar de quem queria saber mais sobre a noite passada. Nem dei bola. Estava perdida demais nas minhas próprias ideias.

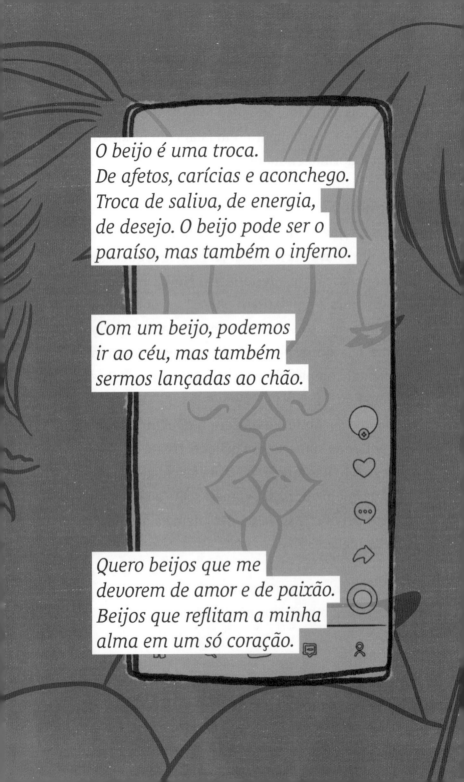

A situação com o Yuri ficou no passado. Durante o resto da viagem, ele me ignorou sempre que estava com os amigos, confirmando totalmente a minha suspeita de que tinha vergonha de mim e me dando a certeza de que eu havia tomado a decisão certa ao deixá-lo sozinho. Também fiz questão de ficar fora de vista sempre que possível. Quando as aulas voltaram e ele me viu no colégio, não disse nada, mas me mandou uma mensagem quando eu estava indo embora.

Yuri: Ei, quer fazer alguma coisa?
Gio: Ué, lembrou que eu existo?

Yuri: Não fala assim... Vamos conversar. Posso te encontrar hoje? Me passa seu endereço pra gente se resolver.

Li e reli as mensagens pensando se valia a pena passar meu endereço para ele, mas no fim acabei cedendo. Horas mais tarde, ele me mandou uma mensagem avisando que tinha chegado no prédio. Interfonei para a portaria e pedi que o deixassem entrar, mas ele não quis subir para o meu apartamento. Nos encontramos no parquinho do condomínio, que estava vazio.

— Olha, Gio, acho que não fui muito legal naquele dia — falou, assim que me viu.

— Tá tudo bem — respondi, embora no fundo eu soubesse que não estava.

Queria perguntar para ele por que tinha demorado tanto a vir falar comigo, por que andava fingindo não me ver quando tinha mais gente à nossa volta... Só que todas essas palavras morreram na minha garganta e nunca foram ditas, porque eu estava em um conflito interno. Yuri era lindo, estava reconhecendo um erro e tinha vindo falar comigo sem que eu precisasse ir até ele. Aquilo não era o suficiente?

— Me desculpa então? — perguntou, coçando a cabeça.

Ele parecia um pouco constrangido. Dei de ombros, e ele entendeu o gesto como aceitação.

— É que na escola não dá, sabe? — disse, antes que eu falasse qualquer coisa. — Não quero a galera pegando no seu pé, e a direção também é um saco com essa coisa de ficar no colégio.

Continuei sem dizer nada. Em teoria, entendia os argumentos, mas havia vários casais na nossa escola e ninguém parecia se importar com eles. Yuri continuou a se explicar:

— Aí ninguém fica implicando com você também, sabe? Essas brincadeirinhas que os meninos fazem e tal, é muito chato.

Concordei com ele e assim passamos a nos encontrar frequentemente, ainda que eu quisesse *mais*. Yuri era lindo e, quando estávamos a sós, ele não queria só me beijar — conversávamos, ríamos e eu me sentia querida. Nós nos encontrávamos perto da minha casa, no pátio do meu prédio ou em lugares onde ele soubesse que ninguém da escola ia ver.

— Você não contou da gente pra ninguém, né? — perguntou para mim um dia, entre um amasso e outro.

— Só pra Ju — respondi —, porque ela estava na viagem.

— Mas ela sabe que a gente continua ficando? — Yuri quis saber.

Aquilo me deixou encucada.

— Sabe, ué. Ela é minha amiga.

— Mas ela tá ficando com o Leo, e se falar com ele...

Foi então que percebi que nós dois víamos aquela situação de uma forma muito diferente. Eu tinha esperanças de que, em algum momento, não fôssemos nos esconder mais, só que o Yuri estava com medo de algum amigo dele descobrir.

Na escola, ele me cumprimentava de longe, como se eu fosse uma mera conhecida. Eu me sentia mal com isso, mas não tinha força suficiente para comentar, com medo de ser deixada de lado.

Aceitei aquilo por muito tempo. Não só do Yuri, mas de outros garotos que queriam ficar comigo — em festas ou até mesmo na vizinhança — sem que ninguém visse, e na frente dos amigos fingiam que não me conheciam. Eu sentia que, diante do mundo, ninguém queria me assumir.

Passei muito tempo tentando desvendar o que havia de errado comigo, mas era só ouvir os comentários negativos e me olhar no espelho para saber qual era o "problema". E, entre ficar sozinha e me sentir desejada, mesmo que às escondidas, escolhi a segunda opção. Afinal, na minha cabeça era tudo o que eu ia conseguir.

Foi só quando beijei a Lisa que entendi que eu merecia mais do que vinha recebendo desde o meu primeiro beijo.

Nunca tinha pensado muito na minha própria sexualidade. Ela foi a primeira garota que beijei, e me pareceu certo, não fiquei em dúvida sobre nada. Eu só não sabia bem como me definir — não que eu *precisasse* de um rótulo, mas queria entender melhor o que sentia e dar nome às coisas parecia um bom jeito de começar. Certo dia, conversando com Lisa, cheguei a novas palavras que poderiam dar algum sentido aos meus sentimentos.

— Eu sou lésbica — disse ela. — Já até fiquei com um menino, mas foi muito esquisito. Todas as vezes que as meninas da minha sala falavam de outros garotos, de quem elas gostavam e tal, nunca conseguia pensar em ninguém, porque estava ocupada demais olhando para as meninas e sentindo ciúmes delas... Demorei para entender que na verdade eu queria *ficar* com elas, não ser igual. E, quando eu entendi isso, foi libertador, mas assustador também. Ainda é um pouco.

— Eu gosto de ficar com meninos. Nunca tive dúvidas de que gosto, sempre senti essa atração... deve ser por isso que nunca parei para pensar muito no assunto, sabe? Quando eu achava qualquer pessoa bonita, meu cérebro registrava como admiração. Só que, agora que eu estou reavaliando tudo, acho que para mim não importa o gênero... eu acho que me interesso pela pessoa independente disso, vai além.

— Você já ouviu falar de bissexualidade, Gio? — perguntou Lisa, trazendo uma palavra nova ao meu vocabulário.

Nunca tinha ouvido falar daquilo, mas fui pesquisar e acabei me identificando. Fazia sentido para o modo como eu via as pessoas e as minhas relações.

Lisa coloriu e expandiu o meu mundo, trazendo uma esperança que eu não sentia antes e me ajudando a descobrir um pouco mais sobre mim mesma. Os dias das migalhas tinham ficado para trás.

Lisa: **bom dia**, linda. dormiu bem?

Eu acordava todo dia com mensagens carinhosas como essa, que sempre me arrancavam um sorriso. As mensagens que antes recebia de Yuri e dos caras que vieram depois dele não tinham metade do afeto que um simples bom-dia da Lisa carregava.

Gio: dormi. sonhei c vc. o que vamos fzr hj?
Lisa: ir pra aula, né?
Gio: hahaha logo vc querendo ir pra aula!

As nossas escapadas da escola já tinham se tornado rotina, e andavam cada vez mais frequentes desde que começamos a ficar. Continuamos a nos jogar em nossas primeiras vezes, mas tínhamos criado alguns hábitos também. Lisa me ensinou a valorizar as experiências inéditas e a encontrar beleza naquilo que era rotineiro e cotidiano. Ao lado dela, eu me sentia alguém muito melhor.

Um dos nossos novos hábitos envolvia a Cinéfila, uma cafeteria deliciosa dedicada ao amor pelo cinema — algo que tínhamos em comum. Sempre rolava um cineclube com os clássicos do cinema mundial, seguido de debate com mediação da Rita, a dona do café, uma mulher maravilhosa e inspiradora. Eu tinha tanto a dizer sobre ela e a Cinéfila, mas o mais importante era que naquele lugar nós nos sentíamos à vontade para nos sentarmos bem juntinhas, de mãos dadas, livre de julgamentos.

Enquanto os meninos me escondiam porque tinham vergonha do meu corpo, Lisa e eu nos escondíamos por medo do mundo. A gente se preocupava com a forma como iriam nos tratar se descobrissem que estávamos ficando. Eu era sonhadora, mas não boba — tinha visto como meus colegas tratavam casais como Lisa e eu. Como nós duas já ouvíamos muitas piadinhas sobre a nossa aparência, concordamos, mesmo sem palavras, que, por enquanto, guardaríamos aquele sentimento precioso só entre nós, assim ninguém iria nos atrapalhar. Só que na Cinéfila podíamos ser quem nós éramos de verdade, sem medo do que iriam dizer.

Quando entramos lá pela primeira vez, vimos uma moça sentada em frente ao balcão cheio de equipamentos antigos. Ela era tão linda, e se vestia de um jeito tão maravilhoso, que eu fiquei encantada — parecia saída de um filme, capaz de exercer um magnetismo sobre qualquer pessoa que cruzasse a porta do café. Ela nos olhava com um sorriso misterioso, provocativo, com um quê do gato de *Alice no país das maravilhas*.

— Aqui que é o cineclube? — perguntei.

— Depende — respondeu ela.

— Depende do quê? — rebati, completamente perdida.

— É para o cineclube que você quer ir? Se for, é aqui mesmo! Se estiver procurando um chá ou um café, é aqui também. Mas talvez você precise de um espaço para estudar ou fazer um trabalho... se sim, veio ao lugar certo. Viu? Depende do que você deseja...

— Queremos tudo isso — afirmou Lisa, e eu concordei, gargalhando.

— Então a Cinéfila é perfeita pra vocês! Eu sou a Rita, prazer.

— Eu sou a Giovana, mas pode me chamar de Gio.

— E eu sou a Lisa.

A partir daquele momento, passamos a ir bastante à Cinéfila e criamos uma identificação muito forte com Rita. Ela era uma mulher inspiradora. Sua paixão por cinema começou bem antes de abrir o negócio — desde pequena, sonhava em contar histórias na telona, e mais tarde se formou cineasta e dirigiu alguns filmes. Só depois veio a Cinéfila e a ideia de compartilhar sua paixão com todo mundo. Além do café, Rita comandava o cineclube semanal, ela procurava temas importantes e exibia os melhores filmes para provocar debates e estimular o pensamento de quem participava. E foi por causa disso que fomos parar lá.

As tardes de café e cinema se tornaram um hábito. Em uma delas, o filme escolhido para o cineclube foi *Thelma & Louise,* em que duas amigas decidem largar tudo para trás e fugir juntas. Nossa cabeça explodiu, e o debate pós-filme trouxe pensamentos revolucionários. Lisa logo quis dar sua opinião:

— É muito bom ver a parceria forte entre duas mulheres tão diferentes!

Rita sorriu com o apontamento de Lisa e, em seguida, fez uma observação importante:

— Vocês perceberam como a Louise trata a Thelma quase como se fosse sua mãe? Durante a viagem elas vão aprendendo muito uma com a outra e, quando estão em perigo, sempre se protegem, seguem juntas até o final.

Olhei para Lisa com cumplicidade, pois ela fazia com que eu me sentisse daquele jeito que Rita explicou.

Eu estava muito perplexa com o filme e o debate, por isso só consegui dizer:

— Nunca assisti uma história como essa! Amei as protagonistas serem duas mulheres.

Todo mundo estava empolgado, e o debate continuou. Lisa tinha vários apontamentos e eu amei observá-la falar. A Cinéfila tinha se tornado o nosso cantinho.

A arte sempre mexeu comigo, sempre me encorajava a ser cada vez mais eu mesma. Depois que saímos da Cinéfila naquele dia tive uma ideia. Convidei a Lisa para a praça da pista de skate, outro programa superqueridinho nosso. No caminho, colhi uma flor em um jardim de canteiro. Tentava botar ordem na minha cabeça e escolher as melhores palavras. Quando chegamos, guiei Lisa até o centro da pista de skate e ficamos envolvidas por aquela espécie de cumbuca gigante onde o pessoal fazia manobras. Algumas pessoas passavam por nós a todo vapor, mas naquele momento éramos só nós duas e ninguém mais.

Olhei Lisa nos olhos, estendi a flor para ela e perguntei, alto e claro:

— Lisa, quer namorar comigo?

Ela sorriu. Aquilo parecia um sonho. Trocamos um beijo de cinema, e não foi preciso palavras para que eu entendesse que a resposta era sim. Parecia que o tempo tinha parado no olho daquele furacão de movimento e calor. Lisa era mestre na arte de fazer qualquer segundo parecer eterno.

Até que, de repente: BUM! Um skatista colidiu com a gente e caímos no chão, confusas. Ouvi ao longe um:

— Desculpa aí, mas também que lugar que vocês escolheram pra...

Era inacreditável, mas eu reconheceria aquela voz em qualquer lugar — era o Yuri. Quando ele percebeu que éramos eu e Lisa caídas ali no chão, gaguejou qualquer coisa e saiu apressado, como se tivesse visto um fantasma.

Eu e Lisa demos as mãos e nos levantamos juntas. De pé, ela colocou as mãos na cintura e gritou:

— Qual é, Yuri!? Não viu a gente aqui não? A educação passou longe, hein, garoto?!

Mas ele já estava fora da pista, fingindo que não a ouvia. Então ela se virou para mim, aflita:

— Gio, será que não é melhor a gente ir atrás? Vai que ele conta pra alguém sobre nós duas. Se meus pais...

— Pode ficar tranquila — interrompi. — Esse daí sabe bem guardar segredo. Deixa isso pra lá, vamos pra outro lugar.

Lisa não parecia muito convencida, mas eu não disse mais nada. Como começar a contar tudo que já tinha acontecido entre Yuri e eu? Queria sair dali e tentar não estragar mais nosso momento, que estava perfeito até ele aparecer.

— Vem, vamos — insisti, puxando a mão dela e fugindo daquela pista.

Foi só estar longe dali que voltei a sentir um friozinho na barriga. A sensação da mão da Lisa entrelaçada na minha era única. Caminhamos assim, às risadinhas, deixando nossas mãos se tocarem ou trocando beijos roubados sempre que não tinha ninguém por perto.

Quando nos aproximamos da minha casa, soltamos as mãos, não sem que eu sentisse um leve aperto e saudade daquele toque.

— Você quer entrar? — perguntei. — A minha mãe adora quando você vem.

Lisa conferiu a hora e topou, sorridente. Quando cruzamos a porta, sentimos um cheirinho característico de pizza. E não era pizza comprada, não! Só pelo aroma, reconheci que era a receita da minha tia Rute, cozinheira de mão cheia, que fazia sucesso dentro e fora da família.

— É a melhor pizza que você vai comer na vida — falei, enquanto cortava uma fatia e servia.

— Só pelo cheiro, já imagino que seja.

O queijo derretido ficou suspenso no ar igualzinho comercial de pizza na televisão. Depois da primeira garfada, Lisa disse com segurança:

— É a melhor pizza que eu já comi!

— Eu falei.

Eu, Lisa e minha mãe rimos, comemos e conversamos um tempão ao redor da mesa. Mais tarde, a minha mãe se ofereceu para deixar Lisa em casa — e ela aceitou, porque teríamos aula no dia seguinte.

Antes de ir embora, porém, conseguimos um tempinho a sós e Lisa falou:

— Gio, obrigada por ser tão maravilhosa e fazer dos meus dias uma aventura romântica que eu nunca imaginei.

Deixei um sorriso tomar conta do meu rosto, porque aquele era um elogio que eu nunca tinha recebido. Nunca tive espaço para ser romântica e carinhosa do jeito que eu queria, mas com Lisa eu podia. Ao lado dela, me permitia viver aquilo que achei que não era para alguém como eu.

— Obrigada por me permitir amar e ser amada sem medo de ser feliz — falei, dando um beijo furtivo antes que a minha mãe aparecesse e a chamasse para ir embora.

Naquela noite, fui dormir sentindo o perfume da Lisa e o gosto dos seus lábios.

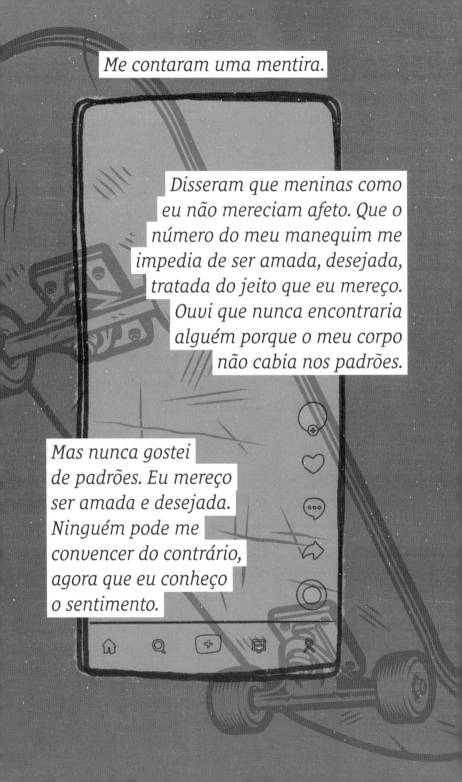

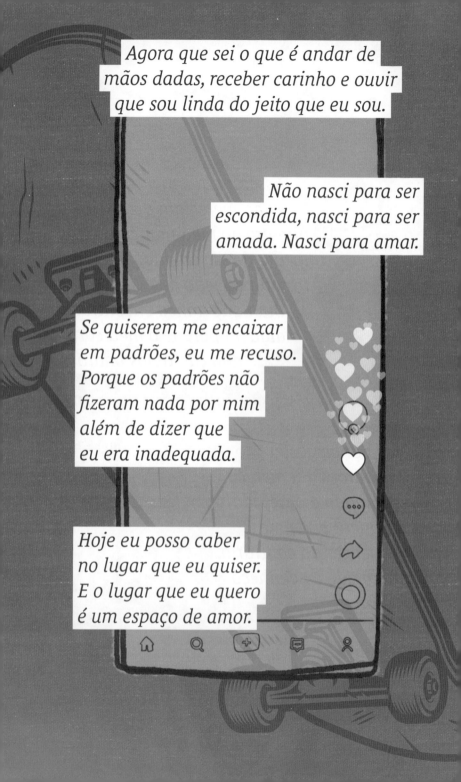

O tempo foi passando e a nossa relação ficava cada vez mais forte e bonita. Depois de quase dois meses do pedido, nosso namoro seguia de vento em popa. Filmes à tarde na Cinéfila, passeios inusitados aos finais de semana daquele jeitinho que só Lisa sabia planejar, ligações intermináveis nas madrugadas, mensagens fofas... Era mesmo um sonho!

O relacionamento ainda era só nosso, um segredo que parecia precioso demais para dividir com o resto do mundo, e não tínhamos certeza se precisava de mais testemunhas — era o que Lisa sempre dizia quando eu fantasiava sobre anunciar nosso namoro para o mundo. Concordamos em não contar para as nossas famílias nem para os nossos amigos, porque, por mais que quiséssemos andar de mãos dadas na rua sem preocupações, tínhamos um pouco de medo da reação das pessoas a nossa volta. O que nossos pais diriam? Lisa parecia ainda mais preocupada com isso, mas nunca falamos sobre o assunto. Felizmente, apesar de termos sido flagradas pelo Yuri, aparentemente ele não havia contado para ninguém.

Tínhamos uma à outra e isso bastava. A opinião alheia parecia totalmente desnecessária. Porém, estávamos para completar dois meses de namoro e eu queria fazer uma homenagem especial para Lisa. Pensei muito e senti que queria gritar para todo mundo o meu amor por ela. E, se preciso fosse, enfrentaria toda a caretice que viria. Nosso amor era maior que tudo aquilo. Tive uma ideia que poderia ser perigosa — só que, como Lisa amava o perigo, senti que estava no caminho certo.

A publicação que fiz depois do meu pedido de namoro rendeu vários comentários e visualizações. Desde aquele dia, passei a falar mais sobre amar e ser amada, mas ainda escondia o meu rosto porque não me sentia completamente à vontade.

Abri o perfil e comecei a rolar pelos comentários dos vídeos que tinha publicado nos últimos dois meses, todos muito diferentes das postagens melancólicas que eu havia me acostumado a fazer.

@krol45: queria mt ver quem é esse que roubou seu coração

@ray_deluz: que vídeo lindo! Mto bom te ver feliz

@gabz123: esses vídeos me fazem sentir que eu posso encontrar o amor tb

@paulinhasilva: vc n sabe o qnt me ajuda com seus desabafos por aqui

Adicionar um comentário...

Claro que tinha comentários negativos também. Gente dizendo que eu estava mentindo, fazendo piadas sobre "quem seria corajoso o suficiente para namorar uma baleia?" e outras coisas que eu enxergava pelo que eram: gordofobia, ofensas sem fundamento, pessoas que falavam besteira na internet, mas só faziam essas coisas por estarem "protegidas" atrás de uma conta, muitas vezes anônima.

Lisa me dava tanta força para ser eu mesma que me sentia mais segura com minha aparência, meus gostos e tudo mais. Cada dia que se passava, eu ficava mais confortável, e percebi que tinha chegado o momento que eu tanto adiava: não precisava me esconder mais em sombras, narrações e tentar disfarçar quem eu era. Queria que me vissem, que dessem um rosto à voz, agora que eu estava me sentindo mais confiante.

Queria também que conhecessem a pessoa que me ajudou a me enxergar com mais carinho. Lisa sempre tinha as palavras certas para me dizer. Se eu acreditava que merecia afeto, era porque ela nunca tinha hesitado em me dar amor e me tratar com o respeito que descobri que merecia.

Só havia um jeito de todo mundo saber o quanto eu era agradecida por aqueles dois meses do nosso namoro: tornando tudo público. Não queria mais me esconder e fingir para os outros que não me importava com Lisa, queria que soubessem como ela era incrível e como a minha vida tinha mudado para melhor desde que a conhecera. Comecei a montar uma declaração digna de cinema. Queria que todo mundo testemunhasse os meus sentimentos por ela e a celebrasse.

Improvisei um apoio para o celular e fiz uma nota mental de pedir uma *ringlight* de presente de aniversário para a minha mãe; se eu pretendia fazer mais vídeos como aquele no futuro, seria bem útil. Eu me sentei e virei a câmera frontal, por um instante estranhando a minha imagem na tela do celular. Tinha me acostumado tanto a odiar meu reflexo, que já não me reconhecia direito.

Respirei fundo e comecei a falar. Disse todas as coisas bonitas que eu queria que as pessoas soubessem de Lisa, do que eu sentia ao lado dela, e que aqueles últimos dois meses tinham sido os mais especiais em anos porque eu podia chamá-la de namorada. Falei que não tinha um cara por trás dos meus sorrisos e dos meus vídeos apaixonados, mas uma garota linda que fazia de tudo para que eu me soltasse mais, descobrisse o que amava e vivesse experiências que passei anos ignorando.

Por causa de Lisa, descobri a possibilidade de me apaixonar por pessoas independentemente de gênero. Além de todas as primeiras vezes que experimentamos lado a lado, eu também tinha vivido com ela a descoberta mais deliciosa de todas: abraçar a minha própria identidade e sexualidade, sem tabus. Eu tinha me entendido e me encontrado totalmente na bissexualidade, e, sem Lisa, talvez eu demorasse muito mais para me reconhecer e continuasse vivendo sem explorar aquele lado.

Quando terminei de me declarar, comecei a editar o vídeo. Misturei as falas com imagens que eu tinha de nós duas — as fotos que tiramos no dia da trilha, quando demos nosso primeiro beijo, registros do festival de música ao qual fomos escondidas... Sorri ao rever todas aquelas imagens e, mais ainda, ao ouvir meu depoimento mesclado aos registros que tornavam ainda mais real a nossa história. Estar com Lisa me fazia bem: isso era evidente no sorriso que eu carregava em cada fotografia.

Queria surpreendê-la. O vídeo ficou delicado, íntimo e bonito. Com certeza ela ia gostar de ver que eu tinha vencido a vergonha e estava mostrando o meu rosto, depois de tantos meses tentando manter o anonimato por medo de me exibir. Eu tinha mostrado a ela o meu perfil quando nossa relação foi se desenvolvendo e fiquei surpresa quando ela disse que já conhecia.

— Não acredito que é você por trás dessa conta! — exclamou depois que mostrei os vídeos.

— Como assim?

— Eu já te sigo — falou, abrindo o meu perfil no próprio aplicativo. — Até achei a voz parecida, mas pensei que fosse besteira da minha cabeça.

Fiquei de queixo caído. Eu sabia que as visualizações estavam crescendo, mas nunca imaginei que alguém tão próxima de mim assistia aos meus vídeos sem saber que era um conteúdo meu.

Fiquei com as bochechas vermelhas e ela me deu um beijo.

— Gio, você não se cansa? — perguntou, quando me viu corar.

— De quê? — rebati, um pouco na defensiva.

Àquela altura, eu já deveria saber que Lisa sempre me surpreendia positivamente. Ela nunca me recriminava. A resposta que ouvi foi como música para os meus ouvidos:

— De ser tão linda e talentosa!

Dei uma gargalhada na hora e ri outra vez ao me lembrar da cena. Lisa merecia ser enaltecida em todas as oportunidades possíveis e era isso que eu queria fazer com aquele vídeo.

Sem medo, mas com frio na barriga, cliquei em enviar e vi a barrinha de carregamento se aproximar cada vez mais de cem por cento.

Já era madrugada quando terminei de subir o vídeo e compartilhei o meu coração com o mundo todo, o meu amor, a minha verdade soberana. O auge dos meus bem vividos dezesseis anos. Publiquei e fui me deitar, porque já estava cansada e bocejando. Antes de dormir, pensei que aquela poderia ser a primeira coisa que Lisa veria ao acordar, ou que ainda poderia estar acordada e ver imediatamente, ou talvez não visse antes de me encontrar e eu teria que mostrar quando chegasse na escola...

Quando fechei os olhos, a minha mente ficou imaginando vários cenários com a reação dela. Nenhum deles chegou nem perto da realidade.

Acordei plena mesmo tendo dormido pouco. Ainda estava imersa em uma realidade de sonho e encantamento. Também estava ansiosa para saber o que Lisa tinha achado do post. Eu me arrumei para a escola contando os segundos para me encontrar com ela. Passei a noite inteira delirando com as fotos e com tudo o que tínhamos vivido até ali. Queria abraçá-la e passar o dia coladinha. Peguei o ônibus como todos os dias e, como sempre, estava lotado de alunos da minha escola.

Eu me sentei ao lado da janela e ninguém se sentou ao meu lado, mas isso não era novidade. Tive a impressão de que havia algo estranho acontecendo, mas tentei desviar aqueles pensamentos. Percebi que algumas pessoas me lançavam olhares de soslaio, cochichos e risadinhas — e uma delas nem estava usando o uniforme do colégio.

Meu corpo reconhecia aquele sentimento. Já havia passado por muito bullying e chacota, mas aqueles olhares tinham um gosto sarcástico diferente. Não consegui entender o que se passava, por isso decidi ignorar.

Quando finalmente cheguei ao colégio, entrei na escola buscando a única pessoa que me importava: Lisa. Ela estava de costas, no meio do pátio. Corri em sua direção com o coração saindo pela boca, sentindo cada pedacinho do meu corpo, em um misto de alegria e ansiedade. Queria saber se ela tinha visto o vídeo e o que tinha achado. Porém, quando ela se virou, seu olhar era triste e lágrimas escorriam. Ela estava nitidamente destruída. Com muita raiva, olhou para mim, mostrando a tela do celular em que o vídeo passava, e gritou:

— VOCÊ NÃO TINHA ESSE DIREITO! Não me perguntou nada, me expôs sem que eu soubesse, sem que eu tivesse escolha, sem que eu pudesse me preparar ou me proteger!

As veias do pescoço dela saltavam, os olhos estavam arregalados. Sua postura carregava um misto de medo, ansiedade, tristeza, raiva e decepção. Todos aqueles sentimentos me entristeciam, mas a decepção e a raiva recaíam sobre mim com muito mais força.

— Eu queria fazer uma surpresa pra você. Eu te amo tanto... só queria assumir pra todo mundo o nosso amor — expliquei, com a voz trêmula, já me sentindo insegura pelo que na noite anterior tinha parecido tão certo.

— Mas só pensou em *você*, Gio! Nem passou pela sua cabeça o efeito que esse vídeo teria na minha vida, né? Tem um motivo para eu não querer sair do armário agora! O meu pai ficou furioso, ele não precisava ver a filha beijando outra menina no café da manhã, mas foi isso que aconteceu. Um amigo dele mandou o seu vídeo por mensagem na hora que a gente estava tomando café. Você tinha que ter me perguntado antes — disse ela.

Mas não parou por aí. Lisa continuou desabafando:

— Eu sei que a gente se incentiva a fazer as coisas, mas é sempre sobre você, para você, por você. É como se eu nem importasse, o que eu sinto não importasse. Eu tento falar, mas parece que a minha voz é tão fraquinha que você não ouve. Eu sei que você tem as suas questões, sempre respeitei elas, mas eu também tenho as minhas. Parece que você não está nem aí! Caramba, você não sabe como os meus pais são e nem teria como saber porque nunca se deu ao trabalho de perguntar... Eu não estava pronta para sair do armário para eles, disso você devia saber, e mesmo assim foi lá e me tirou à força, sem ter esse direito.

Fui me encolhendo a cada palavra, me sentindo pequena. Para mim, tudo era sempre tão perfeito com Lisa que nunca passou pela minha cabeça que para ela não fosse assim. Senti um aperto no coração e baixei os olhos, tentando encontrar palavras para me justificar.

— Eu sempre achei que nossa comunicação era ótima — falei. — Me perdoa, eu não me toquei. Era para ser uma homenagem, nunca imaginei que o vídeo pudesse ter consequências tão ruins pra você. Juro que fiz com todo o carinho, era uma declaração de amor. Eu sei que fui ingênua, nem pensei na sua família, me desculpa. Posso conversar com seu pai, ir na sua casa... — sugeri, pensando em formas de consertar a confusão em que tinha nos enfiado.

— Ninguém quer ver você lá em casa, nem pintada de ouro — respondeu. As palavras dela eram afiadas como uma faca e pesadas como uma pedra. — Você foi muito irresponsável. O nosso namoro era *só nosso*. Minha família precisava de muito mais preparação para essa notícia, eu precisava de muito mais preparação para falar com eles, e queria fazer isso nos meus próprios termos, mas você me tirou isso. Nem acredito que fui exposta desse jeito pela minha própria namorada. Sério, não olha mais na minha cara!

Sem nem olhar para trás, Lisa se afastou a passos duros, e eu fiquei tonta com aquela explosão. Por dentro, ficava repetindo que talvez conseguíssemos conversar melhor quando a poeira baixasse, que eu precisava ter calma, mas, por fora, gritei:

— Lisa, me escuta, por favor! Eu nunca imaginei que isso pudesse acontecer...

Era verdade, e doía, porque eu não tinha pensado em como as minhas ações refletiriam nela. Não queria que as coisas ficassem daquele jeito.

Meu mundo caiu. Quem mais importava acabara de virar as costas e partir me odiando. Eu tinha estragado tudo. Não deveria ter postado nada sem perguntar o que ela achava, tinha sido uma ideia egoísta. Apesar da minha ilusão apaixonada de criar um universo encantado para a gente viver, o mundo real caiu com todo o seu preconceito e violência na nossa cabeça. Era tarde.

Eu queria sumir, desaparecer, mas era impossível: meu vídeo tinha viralizado dentro da escola — e pelo bairro também, considerando os olhares atravessados das pessoas no ônibus e o fato de ter chegado ao pai de Lisa. Andando pelos corredores, ouvi risadinhas e cochichos.

— Guardem esses celulares! — ordenou uma das professoras em sala de aula, já que todo mundo parecia estar com a cara enfiada nos aparelhos, com certeza trocando mensagens sobre a Lisa e eu, revendo o vídeo e rindo de nós duas como se fôssemos uma piada.

Ignorei o celular durante a aula toda, mas, quando enfim comecei a abrir as inúmeras mensagens recebidas, fui sobrecarregada de memes e figurinhas no grupo da turma zoando nós duas. Como podiam transformar uma declaração tão sincera em motivo de chacota?

No fim do dia, fui chamada na sala da diretoria. Andar pela escola era um martírio, as pessoas se sentiam no direito de falar qualquer besteira, rir, apontar, desprezar. Enquanto eu caminhava, cruzei com um grupo de garotos que gritavam absurdos.

— Qual das duas é o homem da relação? É você, né, gordinha? — falou Arthur em tom sarcástico.

— Que desperdício essas duas! Olha, eu acho que você só não encontrou o homem certo ainda — disse o Christopher, e tocou o meu cabelo de um jeito que me encheu de nojo.

Mal consegui me desvencilhar dele quando seu amigo Luiz gritou:

— A gente é que tem que ficar ligado, agora aumentou a concorrência! Giovana gorda grandona vai passar o rodo nas menininhas!

Eles riam de se contorcer.

Eu estava assustada. Saí correndo em direção ao que parecia cada vez mais distante: a sala da diretoria. No caminho, ainda cruzei com Yuri, mas ele simplesmente abaixou a cabeça e saiu. Também segui caminho — de certa forma, fiquei feliz de não ser julgada por ele. Quando finalmente cheguei, a diretora, Lúcia, já estava de cabelo em pé. Mas não foi isso que me surpreendeu: Lisa também tinha sido convocada. Parecia triste e desanimada, eu não estava acostumada a vê-la daquele jeito.

A diretora nos encarou e soltou um suspiro. Lisa não olhava para o lado, era como se existisse um muro entre nós. Aquilo doía muito mais do que o olhar da diretora.

— Nós vimos o vídeo — disse ela com um tom de desaprovação. — Não sei por onde começar. Que situação é essa em que você nos colocou, hein? Desde que cheguei na escola, estou tendo que tranquilizar os pais, porque alguns deles estão enlouquecidos. Como que você me apronta uma dessas, Giovana? O que os alunos fazem fora do colégio não é da nossa conta, mas ainda assim existem limites. Você deve saber que suas ações refletem em todos a sua volta, até mesmo na escola, por isso deve ter uma conduta mais... adequada, sabe? Alguns pais ficaram preocupados com a influência que vocês podem exercer sobre os outros estudantes, e eu não sei como resolver essa situação.

Eu não conseguia acreditar que ela estava dizendo aquilo. Como ela podia se preocupar mais com duas pessoas se amando e a imagem que isso traria para a escola do que com os alunos mandando mensagens de ódio para outra pessoa nas redes sociais?

— Eu nunca imaginei que falar de amor na internet poderia ser considerado um absurdo na escola — respondi cabisbaixa, lamentando aquele caos todo.

Lisa continuava em silêncio, pior do que qualquer repreensão da diretora.

— Giovana, uma coisa é você gostar de outra menina, sabe? Mas não precisa se expor desse jeito, é melhor guardar só pra você. Como você tem coragem de fazer uma declaração pública dessas? E tão explícita? Divulgar fotos de vocês duas trocando carinho na rua... Podem sofrer violência, retaliação, já pensou nisso? — disse a diretora, disfarçando repreensão e preconceito com uma falsa preocupação.

Pela primeira vez, Lisa falou:

— Não precisa se preocupar, diretora. Isso não vai acontecer de novo, não estamos mais juntas.

Lúcia, com cara de quem queria se livrar daquele assunto inconveniente logo, relaxou na cadeira e disse:

— Espero que sim. Vocês duas são boas alunas, apesar das faltas nos últimos meses. Não quero ter que chamar as mães de vocês aqui por causa... dessas coisas... — completou, as últimas palavras saindo de um jeito desconfortável.

Ela claramente não queria lidar conosco, e a resposta de Lisa a tinha deixado mais tranquila, apesar de ser uma facada no meu coração.

A diretora nos dispensou com um aceno e Lisa se levantou, querendo fugir o mais rápido possível. Eu fiquei para trás e me virei para Lúcia.

— Posso ligar para a minha mãe? — pedi. — Não estou me sentindo bem.

Lúcia concordou, contrariada, e liguei pedindo socorro para a única pessoa que nunca me abandonava. Eu precisava ir embora o mais rápido possível.

Quando minha mãe foi me buscar, eu chorava e me encolhia. Ela trocou algumas palavras duras com a diretora e seguimos para o estacionamento. Dentro do carro, ela me olhou fundo nos olhos e perguntou:

— Por que você nunca me disse que namorava a Lisa?

Eu continuei encolhida chorando, em silêncio. O que eu poderia dizer? Que tinha medo? Que não sabia o que estava fazendo? Que eu e Lisa estávamos descobrindo toda uma realidade só nossa da qual ninguém mais fazia parte? Apesar de tudo isso gritar na minha cabeça, eu não conseguia dizer nada. Só fiquei parada, encolhida, desviando o olhar. Então, ela seguiu o pensamento até o fim.

— Eu jamais teria julgado o amor de uma filha minha, muito menos proibido — disse, em um tom solene. — Vem cá.

Aquele era o melhor abraço que eu poderia receber. Era a primeira pessoa que me acolhia após o meu grande erro. Mesmo assim, nada pude responder. Seguimos em silêncio até em casa. Meu coração estava mais quente, sem dúvida, mas continuava despedaçado, e parecia que nada seria capaz de colá-lo de volta.

Apesar do apoio inicial, acabei levando uma bronca por causa do vídeo. Minha mãe estava de boa com a minha sexualidade, e me acolheu quanto ao sofrimento que eu estava passando por causa de Lisa e da reação no colégio, mas ficou uma fera quando percebeu que a maioria das fotos que publiquei haviam sido tiradas em lugares aonde ela nem sonhava que eu tivesse ido — especialmente as do festival de música. Pelo menos ela não me deixou de castigo, mas era difícil me sentir animada quando os dias eram tão repetitivos e parecidos, ouvindo as mesmas piadinhas idiotas e sendo sempre ignorada pela Lisa. Ao contrário do que pensei, ela não deu abertura para que pudéssemos conversar.

Pensei em arquivar o vídeo, mas a verdade era que eu nem tinha coragem de abrir o meu perfil e correr o risco de ler os comentários. Apaguei todos os aplicativos de redes sociais do celular e fingi que nada daquilo existia.

Quando eu me sentia sozinha, costumava recorrer aos meus vídeos, mas não conseguia mais me refugiar naquele cantinho. Já tinha escutado coisas horríveis demais, ditas na minha própria cara, para encarar o que eram capazes de me dizer quando se sentiam protegidos pelo celular.

E pensar que eu comecei a fazer os vídeos por conta da solidão, ainda mais depois da Ju ter mudado de escola e nosso contato ter ficado mais restrito à internet. No início, ela era a única a saber que era eu por trás daquelas imagens, e sempre comentava empolgada, não sem antes me mandar mensagens cheias de emojis e exclamações:

Ju: Amiga, eu tô amando seus vídeos!!!
Vc é boa demais no q faz
Nossa, fico arrepiada c o q vc escreve e como vc fala, dá tanta vida pros seus sentimentos...
Já pensou em fazer aulas de teatro?

Só a lembrança daquelas mensagens me fez rir. Fiquei pensando em mim mesma como atriz, em cima de um palco, na tela da televisão ou do cinema, desfilando em um tapete vermelho... Já até imaginava o que diriam ao ver uma menina como eu sendo a mocinha de alguma história. Definitivamente, não era nem um pouco comum que meninas gordas tivessem um final feliz na ficção — aparentemente, na vida real também não.

Fiquei com saudades da Ju. Ela me apoiou quando tive a ideia de começar com os vídeos e nunca me pressionou para que eu me expusesse além do que eu estava pronta para fazer. Lembro-me bem do dia em que minha amiga descobriu que eu escrevia e sugeriu que eu publicasse em algum lugar. Ela me deu o empurrão necessário para que eu mostrasse a minha criatividade para o mundo, mas, depois do que tinha acontecido com a Lisa e a projeção que tudo tomara, eu me arrependia de ter me entregado tanto àqueles vídeos.

Mesmo assim, sentia falta da minha amiga. Ela tinha saído do colégio no ano letivo seguinte à nossa viagem para Angra dos Reis. Os pais compraram um apartamento em outra parte da cidade e ela foi para uma escola linda, gigante, daquelas que pareciam saídas de novela. Ainda assim, sempre me mandava mensagem e tentava manter contato; eu que não era muito boa em conversar daquele jeito.

Será que Lisa tinha razão? Desde que ela me disse que eu não prestava atenção no que ela dizia, fiquei com aquelas palavras martelando na minha cabeça.

Evitando pensar muito, peguei o celular e reinstalei os aplicativos, mas desativei as notificações. Talvez me isolar não fosse a melhor solução, mas não queria ser bombardeada por mensagens indesejadas. O que eu queria naquele momento era fazer outra coisa. Ignorei as mensagens não lidas e procurei pelo perfil da Ju. Mas, antes mesmo que eu pudesse digitar minha mensagem, vi que ela tinha me enviado algumas nos últimos dias.

Ju: Nem sei se vc vai ver, agora tá famosa! Tem mta gente te mandando msg, né? Seus vídeos tão mt bons, amei que agr vc decidiu aparecer. Não liga p/ essa gente idiota mandando msg negativa, as pessoas são idiotas. To mto feliz que vc achou uma pessoa legal — lembra de qnd a gente viajou pra Angra e eu fiquei com o Leo e vc ficou com o amigo dele, Yuri? Ele ainda tá estudando lá no colégio? O Yuri é legal, mas ele foi meio idiota com vc. Aliás, a maioria dos caras foi, né, miga? Vc merece mais! E essa Lisa parece td de bom msm, como vc disse. Dps me manda uma msg, to com sdds. Feliz de te ver fazendo sucesso por aqui. E já falei: vc devia pensar numa aula de teatro. Krk, arrasou no vídeo, dava pra sentir sua emoção só de olhar pro seu rosto. Bjs, sdds!

Li e reli aquela mensagem várias vezes, me perguntando como tinha me afastado tanto da Ju. Ela sempre me apoiou, e isso era tão singular para mim… É verdade que uma das infinitas motivações que me levaram a fazer os vídeos foi justamente perceber que, por mais que a Ju me ouvisse, me apoiasse e fosse parceira em tudo, ela era uma pessoa magra que às vezes não conseguia perceber a profundidade dos traumas que eu já tinha passado ou estava passando. Às vezes uma coisa poderia parecer natural para ela, mas para mim reforçava várias dores. Nesse sentido, os vídeos ajudaram nós duas — a mim, porque eu tinha um lugar para desabafar sobre o que sentia e nem sempre conseguia explicar, enquanto ela conhecia mais uma parte de mim e começava a compreender um pouco mais daquilo que me atormentava. E amizade é isso: apoiar, amar e respeitar mesmo com todas as diferenças.

Eu não podia me isolar dessas amizades. Por isso, tratei de digitar uma resposta para a Ju, para atualizá-la sobre a minha vida:

Gio: Oi, Ju! Tô com sdds tb. Dsclp por não mandar tanta msg assim, juro que vou mudar! Minha vida tá uma doideira, fzr esse vídeo foi a pior ideia que eu tive. Vc acredita que me chamaram até na direção por causa dele? A Lúcia veio me dzr que podia fzr o que eu quisesse fora da escola, mas que os pais estavam reclamando etc.

Tinha muitas histórias para contar, por isso fui por partes e enviei aquela mensagem primeiro. Eu ainda estava digitando a continuação quando ela me respondeu:

Ju: Ela smp foi ridícula! mas me fala da sua namorada, achei vcs mt fofas ♥

Soltei um suspiro. Tirando a minha mãe, eu não tivera a chance de conversar com ninguém sobre como estava me sentindo, e aquela era uma oportunidade — a Ju sempre foi uma pessoa disposta a me ouvir. E era muito bom poder falar com alguém e perceber que, mesmo depois de muito tempo sem nos falarmos, a sensação era a mesma de sempre.

Outra coisa que aqueceu meu coração foi ver que ela não tinha soltado nenhum comentário idiota sobre eu ter me apaixonado por uma garota. Pelo contrário, agiu com muita naturalidade, do jeito que todo mundo deveria ter feito desde o início. Assim que o vídeo explodiu, ouvi tantas coisas negativas que, apesar de saber que o que eu sentia era perfeitamente normal e bonito, parte de mim estava acuada e até me sentia inadequada. Por isso, gravei um longo áudio colocando para fora o que nem sabia que ainda guardava.

— Minha mãe reagiu bem, ela disse que o que importa é que eu seja feliz. Parece que foi a única, porque todo mundo lá na escola tá sendo ridículo. E, pior, a Lisa não quer mais olhar na minha cara, ficou muito triste porque eu postei o vídeo sem falar com ela e daí disse que eu nunca escutava o que ela tentava me dizer. Os pais dela viram, e eles nem sabiam que ela namorava comigo. Ela ainda não tinha falado com eles que é lésbica, sabe? Aí a gente não tá mais namorando. Eu tô bem mal, pra falar a verdade. Nem sei como consertar tudo isso, só faço besteira.

Enviei e fiquei encarando a tela, esperando que uma resposta da Ju aparecesse. Não demorou muito.

Ju: Vc vacilou em n ter perguntado pra ela se podia postar sobre vcs duas na internet, entendo pq ela ficou brava. As coisas devem estar pesadas lá, vc chegou a perguntar como ela tá?

Gio: nem consegui! ela n fala comigo por nada, virou as costas e nem olha na minha cara

Ju: sinto mt. mas que bom que vc tem sua mãe, ela é o máximo. a minha ia pirar, ela tem essa cara de legal, mas às vezes pode falar umas coisas...

Eu me lembrei da nossa viagem e daquele comentário esquisito que a mãe dela tinha feito sobre o meu corpo e sobre eu não ter medo de comer o que queria — naquela época, eu tinha ficado um pouco incomodada, mas sem entender bem o motivo. Com o que a Ju falou, a frase voltou com tudo à minha mente e me dei conta de que todo mundo tinha problemas dentro de casa, alguma dificuldade para contornar.

Gio: pois é, minha mãe foi ótima comigo. Mas eu sinto saudades da Lisa...

Ju está gravando um áudio apareceu na tela. Esperei e, assim que chegou, cliquei para ouvir.

— Talvez ela precise de um pouquinho de tempo pra processar. Não conheço a Lisa, mas sei lá... essas coisas são difíceis, né? Eu li os comentários no seu vídeo, tem gente *maravilhooooosaaaa* que adorou, mas também tem gente escrota que, mesmo diante daquela prova de amor linda, fica falando besteira. A gente não tem como saber como estão as coisas pra ela, e cada pessoa tem seu tempo, né? Isso é direito dela, é uma coisa muito delicada. Não faço ideia de como é, mas imagina sua família não te aceitar do jeito que você é?

Ouvi o áudio mais de uma vez e fiquei pensando naquelas palavras, em como me senti deslocada por tanto tempo e a Lisa foi capaz de me trazer ânimo. Só que aquilo não era apenas efeito da Lisa, e sim resultado de tudo que eu tinha me *permitido* viver, com incentivo dela, e também por vontade minha. Eu era uma pessoa totalmente diferente daquela que tinha começado o ano letivo lá atrás, só não sabia se para melhor ou pior, porque ainda estava me sentindo muito mal pelo que tinha causado a Lisa.

Fiz uma videochamada com a Ju, não aguentava mais mandar áudios picados, e já fui logo soltando:

— Eu não tinha pensado por esse lado e agora tô me sentindo péssima e egoísta.

— Todo mundo faz uns negócios péssimos e egoístas às vezes, mas isso não quer dizer que você *é* assim, só que agiu de um jeito ruim. Tem como mudar.

— Mas como, Ju?

— Não tenho como te dar um manual, amiga. Você precisa, antes de tudo, tentar entender o que aconteceu e como a Lisa se sentiu, ver o que pode fazer para melhorar por ela e, principalmente, por você mesma, e aí as coisas podem mudar...

@juniinho_: Lixo
    @ray_deluz: Desnecessáriooooo

@evelyn_h7: Que lindas essas fotos! <3
    @mari_s: S2

@bebeta12: credo, que ridículas
    @ray_deluz: pra que esse comentário? Respeito é bom e todo mundo gosta, viu?

@luisa22: vergonha alheia kkkkkkk
    @biatrix: você que está passando vergonha kkkkkkkkk

@mih1708: olha isso, amor @tereza13 🖤
    @thereza13: ai, adorei! Lembrei da gente

@marcinho_juniorr: essas duas aqui em casa, entrava no meio brincando...
    @hud_son: que nojo, comentário horroroso. Isso é assédio.

@ju_souza: muito lindo te ver falando dos seus sentimentos desse jeito. não dá atenção pro que os haters dizem, um bando de preconceituosos que não sabem ser feliz. espero que vc lembre que é mto amada 🖤
    @vivi4: isso aí 👏👏👏

Adicionar um comentário...

Apesar do conselho da Ju ter parecido ótimo na hora, não consegui colocar em prática. Eu estava paralisada, só ficava admirando Lisa de longe no colégio e tentando fugir dos comentários imbecis que escutava. Aos poucos, as hostilidades foram se amenizando, porque novas fofocas surgiam todos os dias e logo encontraram algo mais interessante para discutir do que eu. Mesmo assim, eu seguia sofrendo — Lisa continuava distante, e eu ainda sentia que meus colegas de classe me achavam uma aberração só por ter me apaixonado por uma garota.

O desânimo foi tomando conta de mim, fui perdendo o apetite e a vontade de fazer coisas diferentes. As "primeiras vezes" tinham se tornado algo tão meu e da Lisa que em qualquer situação inédita que vivia me lembrava dela automaticamente, e, em vez de isso me alegrar, eu era tomada por um sentimento de tristeza.

Finalmente reuni coragem para ler os comentários do vídeo. Aqueles carregados de ódio machucavam. Mesmo que eu tentasse não dar importância, eles importavam. Ler aquelas barbaridades me feriu profundamente. É impressionante o que os seres humanos são capazes de fazer quando entram em um movimento coletivo de odiar e ridicularizar alguém. É um poço infinito, sem fundo, sem escrúpulos. Mas, no meio dessa lama toda, comecei a perceber que, para cada comentário de ódio, havia um comentário em minha defesa. Essas manifestações vinham de pessoas diferentes que se identificavam comigo, pessoas gordas, fora do padrão, LGBTQIAP+, que não se calavam diante do preconceito. Elas enfrentavam a violência e falavam de liberdade, diversidade, empatia e respeito. Quando fui checar minhas mensagens, descobri que tinha várias pessoas denunciando, bloqueando e respondendo às agressões. Elas estavam cuidando de mim, mesmo que de longe. Eu não estava sozinha.

Apesar do conforto que isso trazia, ainda me sentia muito culpada por ter exposto a Lisa, por ter quebrado sua confiança.

Minha mãe entrou no meu quarto e me viu chorando enquanto eu segurava o celular. Ela se sentou ao meu lado na cama e perguntou:

— Quer conversar, filha?

Mostrei a tela para ela — tanto os comentários ruins quanto os de apoio. Ela me deixou chorar em seu ombro e fez carinho no meu cabelo enquanto lia. Quando terminou, disse:

— Vamos dar um jeito nisso.

Minha mãe denunciou e apagou cada comentário negativo, depois deu uma curtida em cada comentário positivo e bloqueou que novos comentários fossem feitos. Ela fez o que eu não tinha forças para fazer naquele momento. Depois enxugou as minhas lágrimas e me ouviu. Finalmente criei coragem para desabafar sobre Lisa:

— Ela não falou mais comigo, até hoje. E eu não me sinto à vontade no colégio depois do que aconteceu... Estou triste, mãe. Nada do que eu faço me alegra.

Ela ouviu sobre o meu coração partido e me aconchegou como nunca. Até que veio com uma ideia:

— Gio, e se a gente te inscrevesse em alguma aula fora da escola? Você já considerou fazer teatro?

Aquela sugestão foi inesperada. Eu mesma nunca tinha pensado naquilo direito, apesar das sugestões da Ju.

— Sabe que não? — falei. — Mas você não é a primeira que me pergunta isso.

— Ah, é? Quem mais viu o seu talento escondido?

— A Ju!

— Vocês voltaram a se falar? Faz tempo que ela não aparece, né? A gente tinha que convidar ela pra vir aqui ver um filme com você, é bom ter amigas por perto.

Falei para a minha mãe do afastamento por causa da distância natural depois da mudança de escola, e contei que ela tinha me mandado mensagem depois do "incidente" e, no meio da conversa, elogiado minha interpretação das palavras e dito outra vez que eu deveria ser atriz.

— Eu acho que o teatro ia te fazer bem. Eu vi seus vídeos, sabe? — disse a minha mãe, e fiquei vermelha de vergonha. — Além de você ser uma escritora incrível — continuou —, porque sei que todas aquelas palavras são suas, também tem um talento muito bonito para interpretar. E talvez uma atividade diferente, em um lugar com pessoas que não tenham a cabecinha limitada dos seus colegas do colégio, possa te ajudar.

Foi assim que, dias depois, me vi na minha primeira aula de teatro. Tinha até um grupo de artes cênicas na minha escola, mas, depois da repercussão do meu vídeo, perdi ainda mais a coragem de procurá-los. Por isso, fui fazer uma aula experimental em um teatro que ficava bem pertinho da Cinéfila.

Passar em frente à Cinéfila me deu um aperto no coração, porque era o meu lugar com a Lisa. Ainda não tinha criado coragem de ir lá depois do término, apesar de sempre receber mensagens com a programação do cineclube e morrer de vontade de participar.

A aula era na sala de ensaios, que ficava nos fundos do local, atrás do palco. Para chegar até ela, precisei passar pela coxia e deu para dar uma espiada no palco por trás das cortinas. A porta da sala de ensaios estava entreaberta, mas o tablado me chamou. Desviei em direção ao palco e, de lá, fui me aproximando da plateia. Passei por baixo das cortinas — mais pesadas do que eu supunha — e me vi diante de dezenas de cadeiras.

Foi naquele instante que senti um frio na barriga inigualável.

Sempre tive dúvidas do que queria ser. Quando pensava no momento de escolher o que eu iria fazer na faculdade ainda ficava perdida. Jornalismo parecia a opção mais razoável, já que eu gostava de escrever, mas, antes mesmo de entrar na sala e ter minha primeira aula de teatro, senti que aquele era o meu lugar. O palco e os assentos a perder de vista me traziam uma sensação única que até então nada tinha despertado.

— Perdida? — perguntou uma voz às minhas costas que me flagrou fascinada.

— Não, é que...

— É lindo, não é?

Eu me virei e dei de cara com uma mulher negra, alta e careca, que sorria para mim de um jeito intrigante. Aquele sorriso carregava um milhão de histórias, expressões, tantas que eu nem saberia explicar. Ela parecia tão grande e poderosa quanto o teatro.

— Prazer, Silvia — apresentou-se, estendendo a mão para mim. — Sou uma das professoras de teatro aqui da companhia.

— Giovana. Giovana Gentil. Eu vim fazer uma aula...

— Sua mãe me falou de você. E dei uma olhadinha nos seus vídeos — completou, dando uma piscadela cúmplice para mim.

Geralmente, quando mencionavam os meus vídeos, eu me encolhia e ficava tímida, mas foi diferente com Silvia. Havia um tom de admiração em sua voz que me deixou tranquila e, ao mesmo tempo, animada.

Ela me conduziu até a sala em que estava o restante do grupo de teatro, todos rindo e conversando. Logo fui envolvida por aquelas pessoas, inserida nas conversas. Todo mundo era diferente entre si, o oposto do meu colégio, onde cada aluno parecia ter sido fabricado na mesma forma, com exceção de mim, que me destacava negativamente. Ali todos eram únicos, assim como eu, e todas as características que no meu colégio poderiam ser motivo para bullying (desde questões físicas a modo de se vestir, corte de cabelo e até tom de voz) ali eram simplesmente... características. Não faziam ninguém melhor ou pior do que ninguém.

Sem falar que lá eu era a Giovana, mas também podia ser qualquer outra personagem que quisesse.

Voltei para casa radiante, contente de verdade, e sem pensar na Lisa pela primeira vez em muito tempo. Eu só queria comentar com a minha mãe cada detalhe do meu dia.

— Mãe, foi simplesmente perfeito — falei, animada, assim que entrei em casa. — Todo mundo me tratou muito bem, as pessoas são superdiferentes da galera do colégio... Parece que cada um é valorizado por ser quem é, sabe? Fizemos uns exercícios muito legais e já começaram a falar do espetáculo de fim de ano, dos ensaios, tudo...

— Que bom, filha! Eu fico feliz de te ver tão animada, depois de tudo.

Aquela era mais uma primeira vez. Sem Lisa por perto, mas, ainda assim, uma primeira vez empolgante. Tive vontade de mandar mensagem para ela e contar como tinha sido a experiência. Era o tipo de coisa que com certeza eu compartilharia se ainda nos falássemos. A tristeza começou a tomar conta de mim outra vez, mas eu já estava decidida: não permitiria que aquilo acontecesse.

Eu corrigiria as coisas com Lisa. Estava determinada.

Mas, primeiro, precisava fazer isso comigo mesma.

Se hoje eu pudesse dar um conselho para mim e para as pessoas que sofrem com relações difíceis ou com frustrações em geral por conta de outra pessoa, seria: ocupe-se de coisas que te fazem bem. Perca o seu tempo com você, se arrume para ir ao cinema e ver o filme que quer ver, com ou sem companhia. Não pare de viver esperando alguém te dar valor.

Reserve seu pote de energia vital para realizar algum plano que seja só seu, que seja aprender a dançar ou fazer uma viagem. Que seja fazer um curso de massagem, de maquiagem. Não importa, mas tenha curiosidade pela vida e aproveite pessoas e oportunidades que te fazem aprender algo interessante e que te façam sorrir. Acumule experiências positivas!

Essa mágica ninguém tira da gente, e é através dela que vamos nutrindo nosso próprio mundo para que ele seja tão potente e feliz que desavisado algum possa abalar. Essa mágica transborda pelo olhar e é nítido.

A minha mágica de hoje foi no palco.

@ju_souza: que bom te ver fazendo coisas que vc ama, amiga! Falei que vc nasceu pros palcos ♥

@lu1zinh0__: tem que ter coragem, hein? kkkkkkkk

@ray_deluz: eu te acompanho aqui e tb vejo seus vídeos. te adoro, gio. amo seu jeitinho de falar das coisas, me ajudou mto a lidar com minha imagem. post pft, me deu vontade de procurar algo que eu goste pra fzr.

Adicionar um comentário...

Ainda estava muito abalada por ter quebrado a confiança da Lisa, tentando descobrir como lidar com aquilo. Apesar de as aulas de teatro terem me trazido um novo ânimo, eu me sentia muito mal, incapaz e insegura pelas manhãs, quando ia à escola e ela só me ignorava — ou seja, era um sentimento que me visitava pelo menos cinco dias por semana. Da quantidade de vezes ao dia, já tinha perdido a conta.

Se não fossem o teatro e as mensagens que tinha passado a trocar com a Ju, teria mergulhado de cabeça na melancolia, porque volta e meia uma tristeza muito profunda me visitava. Era uma dor que eu não sabia mais como aplacar.

Eu estava lidando com isso da melhor forma que encontrei: palavras. Para mim, voltar a fazer vídeos estava fora de cogitação. Aquela exposição toda tinha me tirado a pessoa que me fazia melhor, e não conseguia pensar em uma forma adequada de me desculpar e me reaproximar. As aulas de teatro me traziam de volta a vontade de viver, me expressar, colocar para fora os meus sentimentos até certo ponto, mas havia uma parte que só fazia sentido quando eu colocava no papel.

Por isso, passei a fotografar paisagens do cotidiano e publicar meus textos nas legendas das minhas redes, em vez de interpretá-los como antes. Se podia tirar algo de bom daquele caos que estava vivendo, era o meu encontro com o teatro e como tinha reaprendido a me expressar em palavras.

E essas palavras me trouxeram outras pessoas, como a Ray. A Ray já era frequente nos comentários dos meus vídeos, e quando mudei o formato das publicações ela continuou a me acompanhar. Ela morava em outro estado, nos conhecíamos pouquíssimo, mas logo fomos firmando uma amizade pela internet.

Ray se identificava com os meus desabafos sobre as situações de gordofobia que eu vivia, me incentivava a escrever sobre isso, e também estava me ajudando a melhorar algo que a Lisa disse e ainda martelava na minha cabeça: ouvir mais o outro. Certo dia, cheguei a conversar sobre isso com a Ray, que já conhecia de cor e salteado os meus dramas com a Lisa de tanto me ouvir falar — enquanto eu já estava por dentro de suas questões com a própria sexualidade, porque aos poucos Ray se entendia como assexual e tinha dificuldades em pensar como outras pessoas lidariam com a questão. Em nossas conversas, ela foi compreendendo que tinha o tempo que quisesse para revelar sua sexualidade para outras pessoas e que, nessa decisão, só ela importava.

Gio: Penso sempre no que a Lisa disse sobre n prestar mta atenção nela e hj vejo que ela tinha razão. Acho que idealizei dms, sabe? Tipo, pra mim ela era super bem resolvida com td, já que era sempre a primeira a me chamar pra fzr coisas que nunca tinham passado pela minha cabeça... acho que n dei mt espaço pra ela falar da própria sexualidade. Na vdd, eu percebi que nunca nem perguntei se alguém da família dela sabia que ela ficava com meninas! Isso não é horrível?

Ray: É ruim, mas não diria horrível. Tem como vc consertar. Já conversou com ela?

Gio: Já te disse q ela finge q n existo no colégio

Ray: Ela tem motivos, né. Deve ser difícil sua família descobrir no momento que vc n tá pronta, por outra pessoa

Gio: Ai, eu sei! A Ju já me deu o mesmo sermão... Fico pensando como fazer pra mudar essa situação, tô com saudades dela e quero pedir desculpas de vdd. O que eu faço?

Ray não tinha a resposta, mas sugeriu uma videochamada comigo, ela e Ju para discutirmos o assunto. "Três cabeças pensam melhor", foi o que ela disse. Ju topou na hora, pois se sentia vivendo em um daqueles filmes adolescentes em que bolam um plano para ajudar a protagonista.

— Nada público — disse Ju, de cara, e eu concordei.

Da última vez que me expressei publicamente, tudo foi pelo ralo.

— Acho que tem que ser natural, algo que você goste de fazer e que mostre para a Lisa que você mudou — continuou —, que está disposta a escutar, que quer mesmo mudar a forma como encaravam as coisas antes...

Foram horas nessa conversa, que no fim nem era mais sobre a Lisa, mas sim sobre vários assuntos. Percebi também que eu não podia colocar a minha vida inteira orbitando ao redor de uma única pessoa. Lisa era incrível, mas não era tudo o que eu tinha. Retomei uma amizade e fiz uma nova, estava me dando bem com as pessoas do teatro e talvez Lisa nunca me perdoasse pelo meu erro, mas eu não precisava passar o resto da vida me culpando por aquela situação uma vez que eu pedisse desculpas sinceras, do jeito que ela precisava ouvir.

Também me dei conta de que eu poderia continuar a viver primeiras vezes. Que elas não dependiam da Lisa, apenas de mim. Saí com a galera do teatro para vários programas, era todo mundo muito divertido e eu conseguia me soltar com eles. Aquele grupo me trazia muitas primeiras vezes: teve um dia, por exemplo, em que fomos a um parque de diversões recém-inaugurado no estacionamento de um shopping e eu brinquei pela primeira vez em um carrinho de bate-bate, para surpresa de todos.

A coisa mais surpreendente, porém, foi um dia em que eu estava na escola e o Yuri se aproximou de mim.

— Posso sentar aqui? — perguntou, apontando um espaço vazio no banco do pátio.

Dei de ombros e ele entendeu como permissão.

— Sabe, Gio, faz um tempo que tenho pensado nisso, mas eu sou meio covarde e nunca consegui me expressar direito — disse, e eu me limitei a escutar. — Queria te pedir desculpas pela forma como te tratei naquela época que a gente ficava. Não foi legal da minha parte te esconder dos meus amigos e essas coisas. Fui bem escroto, na real.

Soltei um suspiro e olhei para Yuri. Eu tinha percebido que, nos últimos meses, apesar de afastado, ele tinha mudado. Só o fato de não ter dito nada quando a escola inteira caía para cima de mim com a história da Lisa já demonstrava que ele tinha mudado. Senti sinceridade em suas palavras e respondi:

— Vou mentir se disser que como você me tratou naquela época não mexeu comigo. Eu me senti horrível, sabe? Como se não merecesse nada. E por muito tempo acreditei nisso. Eu aceitava qualquer um que se interessasse minimamente por mim, fazia o que queriam e, em vez de me sentir melhor, só ia me sentindo cada vez menos digna de afeto. Até que encontrei alguém que gostou de mim do jeito que eu queria ser amada, mas fiz uma cagada porque estava pensando só no que eu queria naquele momento.

Yuri me olhou, aos poucos compreendendo.

— Então acho que muitas vezes a gente só pensa no que é melhor pra *gente*, não pensa muito no outro

— continuei. — E hoje eu entendo o que rolou ali, Yuri. Muito obrigada por ter vindo falar comigo, eu aceito as suas desculpas.

— Obrigado, Gio, eu...

— Eu ainda não terminei de falar — cortei.

— Desculpa.

— Não, tá ok, eu só queria completar... Aceitar as suas desculpas não quer dizer que a gente vá ser amigo nem nada. Mas obrigada por não ter se juntado ao resto da escola naquela perseguição ridícula, e também por ter vindo esclarecer as coisas. Você é um cara legal, Yuri. O mundo que é meio bosta e faz a gente ser bosta de vez em quando. Estou falando por experiência.

Yuri riu, e nós conversamos mais um pouquinho antes de ele ir se reunir com os amigos, que ficaram observando, de longe e com curiosidade, a nossa conversa.

Então, eu percebi que mais uma pessoa nos observava, mas ela desviou o olhar assim que viu que tinha sido flagrada.

Minhas amigas tinham razão. Eu precisava muito conversar com Lisa, mas ainda não tinha conseguido reunir a mesma coragem que Yuri demonstrou ter.

Apesar de passar sempre em frente à Cinéfila no caminho das aulas de teatro, ainda não tinha reunido coragem para voltar a entrar naquele oásis disfarçado de café aconchegante. Até que um dia, ao sair do teatro e dispensar uma ida à lanchonete com o pessoal, fui fisgada mais uma vez para aquele universo que tanto me lembrava Lisa.

Criei coragem e entrei. Foi como voltar para casa. Toda a decoração era de cenas de filmes clássicos: em uma mesa você poderia tomar café em um quadro do filme *Em busca do ouro*, de Charles Chaplin. Em outra, você estava no bar de *Pulp Fiction*, com jukebox e tudo mais. Se estivesse sozinho, poderia se sentar na bicicleta do ET, e ele solicitamente seguraria o seu lanche. Tudo muito criativo, acolhedor, e ainda com o melhor café. Fora o público diverso, descolado. Era ou não era o lugar perfeito?

— Apareceu a margarida! — exclamou Rita.

Ela se levantou e me deu um abraço apertado. Eu me lembrei das primeiras vezes que fora ali com a Lisa e de como nos sentimos acolhidas por descobrirmos aquele pedacinho de paraíso onde podíamos ser nós mesmas.

Ao ver Rita me receber com tanto afeto, fiquei até um pouco triste por ter me ausentado daquele lugar que me fazia tão bem.

— Aconteceram algumas coisas — falei, e, pelo meu olhar, Rita percebeu que eu precisava desabafar.

— Senta aqui, minha querida. Você veio ao lugar certo. Sabe como é, nada que um cafezinho e uma conversa não resolvam...

Eu aceitei o convite na mesma hora e resolvi começar pela parte boa: contei das aulas de teatro, que estava pensando em cursar artes cênicas na faculdade e das amizades que estava cultivando. Ela sorriu, feliz com as notícias, mas sua expressão se desmanchou quando contei da Lisa. Os conselhos da Rita não foram muito diferentes daqueles que recebi das minhas amigas.

Rita entendia a situação de um jeito diferente das minhas amigas, porque ela mesma era lésbica. Tinha conhecido a esposa, Lana, na faculdade, quando se tornaram inseparáveis. Ela participava de todas as sessões do cineclube em apoio à Rita, e era lindo de ver o quanto eram cúmplices uma da outra.

— E você acha que tudo foi tranquilo, ou que a gente sempre acertou? — perguntou Rita quando eu disse que para ela era fácil aconselhar, já que vivia um romance digno de filme.

— Ah, sei lá, vocês parecem tão entrosadas que é difícil imaginar que algum dia tenham vivido algum problema.

Rita riu com gosto e respondeu:

— Nós somos assim hoje exatamente porque passamos por poucas e boas. Todo relacionamento tem dificuldades. E, acima de tudo, um relacionamento só se mantém se você estiver disposta a escutar a outra pessoa, ter uma parceria. Não é só receber, e muito menos só dar, tudo é equilíbrio. E acho que, por mais que você e a Lisa gostassem muito uma da outra, faltou um pouquinho de equilíbrio aí. Eu já fui assim, sabe? Mas, com muita conversa com a Lana, a gente se entendeu — completou.

Eu tinha até dificuldades em imaginar a Rita sendo parecida comigo em algum nível. Ela era uma ouvinte tão boa! Continuamos conversando, e contei dos vídeos e dos textos que andava escrevendo. Isso deu um estalo em Rita:

— Tô precisando muito de ajuda aqui no cineclube. As coisas nem sempre são fáceis pra gente que ama a arte, você sabe. E todo mundo agora tem que estar nas redes sociais, mas eu não sei lidar com nada disso.

Ela nem precisou pedir, já fui me oferecendo para ajudar. Passei a gravar alguns vídeos engraçados, chamando pros cineclubes, mostrando alguma novidade. Passava por lá depois do teatro e ela me dava dicas de edição, som e enquadramento. Aquela experiência me dava confiança e estava me trazendo de volta para os vídeos, que eu tinha abandonado. Fazer conteúdo para a Cinéfila era bem diferente de me expor nas minhas próprias redes, e estava me fazendo muito bem.

No fim do primeiro mês, Rita veio toda animada:

— Gio, a galera está amando os seus vídeos do cineclube! É um sucesso, aumentou muito o engajamento por lá. As fotos dos produtos, tudo, você é mesmo uma influencer muito talentosa! Além de atriz!

— Depois do que aconteceu com a Lisa, comecei a sentir pavor de me filmar. Sair falando assim, só nas aulas de teatro mesmo — confessei. — Mas fazer as coisas pra cá está me fazendo um bem danado, sabia? — respondi, grata por ter mais alguém em quem me apoiar.

A Rita era para mim uma espécie de mentora, de professora da vida real. Eu admirava muito a artista que ela era, e queria poder ser tão interessante quando fosse adulta.

— Que bom, Gio! Você é brilhante e tem muita estrada pela frente, não pode deixar que essa história termine antes do tempo — disse. — É muito difícil ser quem a gente é, é muito difícil fazer nossa voz ser ouvida e exercer nossa criatividade, que você tem de sobra. Mas a gente precisa resistir, mesmo com tudo desmoronando à nossa volta, mesmo com tantas dores e dificuldades. A gente precisa resistir e construir um caminho possível para realizar nossos sonhos.

— Eu tenho pensado muito que já chegou a hora de conversar com a Lisa e descobrir se o que aconteceu foi um ponto-final ou apenas uma vírgula...

Joguei as palavras no ar e a Rita deu um sorriso.

— Eu acho ótimo que você esteja pensando assim, Gio — disse Rita. — Seria bom pra vocês duas.

Um silêncio recaiu sobre nós enquanto eu pensava no assunto. Já tinha adiado aquela conversa por tempo demais. Eu queria deixar aqueles conflitos para trás e seguir para um novo capítulo da minha vida.

— Você é muito talentosa e ainda tem muito para viver. Falando em talento: como você tem trabalhado com as redes e os vídeos aqui, queria te propor uma coisa.

— Que coisa?

— Eu passei a noite toda pensando e gostaria de fazer uma coisa com você.

— O que é?

— Achei um roteiro meu, antigo, chamado *Crisálida*. Escrevi quando tinha a sua idade, mas quero gravar ele agora, com a maturidade de hoje. É a história de uma menina que passa pela metamorfose-adolescência. Você topa ser a minha protagonista?

— Claro que topo! Nossa, que demais. Que sonho. Mas não sei se eu dou conta!

— Vamos no nosso tempo. O importante é seguirmos juntas — disse Rita, me abraçando forte e me enchendo de coragem para completar a minha metamorfose.

Reconhecer que errei é difícil.

Mais difícil ainda é entender como reparar um erro. Por mais que nos últimos tempos eu tenha crescido, gostaria que não doesse tanto.

Amadurecer custa muita coisa — tempo, dedicação e, principalmente, consciência.

A vida pode ser doce, mas às vezes também pode ser um chocolate amargo. Espero que, daqui para a frente, o amargor fique só no chocolate, e que o mundo me encare com mais doçura...

Eu me sentia ridícula sabendo que dentro da mochila carregava uma caixa dos bombons favoritos de Lisa. Não queria falar com ela no meio do colégio, não depois de tudo, mas pretendia me desculpar com ela na saída. Fiquei pensando em tudo que ouvi da Rita, da Ju e da Ray, mas também pensei na conversa que finalmente tive com Yuri. Talvez Lisa não me perdoasse, afinal de contas, mas eu precisava tentar.

Quando a aula acabou, fui a primeira a sair da sala e corri para a esquina. Lisa demorou um pouco mais do que o comum para sair naquele dia, mas, quando finalmente passou por mim, eu chamei por ela.

— Lisa! — gritei.

Ela fingiu não escutar.

— Lisa, por favor, me escuta. Eu quero muito pedir desculpas.

Ela parou e se virou.

— Você já pediu — respondeu, mas a expressão dela não era de raiva. Na verdade, ela parecia triste.

— É, mas agora eu entendi que não foi do jeito certo — falei, me aproximando. — Como estão as coisas na sua casa?

Lisa baixou o olhar e respirou fundo.

— A gente vai mesmo ter essa conversa aqui? — perguntou ela, olhando para os lados.

Senti algo esquisito, lembrando de todos que não quiseram ser vistos em público ao meu lado, mas respirei fundo. As questões entre nós duas eram diferentes.

— Pode ser onde você quiser.

Ela demorou para me dar uma resposta. Parecia pensativa, como se estivesse decidindo qual caminho seguir.

— Vamos tomar um sorvete? — convidou, o que me deixou um pouco surpresa. Lisa com certeza decifrou minha expressão, pois logo tratou de acrescentar: — Não tô a fim de alguém do colégio ficar ouvindo nossa conversa, fora que tá muito calor. Eu não quero ficar debaixo desse sol e... um sorvete vai bem.

Ela sorriu de leve, aquele sorriso que iluminava o mundo e há tempos eu não recebia. Senti um peso sair dos meus ombros e concordei.

Nós fomos até a sorveteria e pedimos um picolé, que degustamos em silêncio. Quando terminamos, foi Lisa que começou a falar:

— Não sei nem por onde começar. Eu não queria que as coisas fossem assim, muito menos que a gente tivesse se desentendido desse jeito, mas é que fui pega de surpresa. Eu tive muito medo de tudo, porque foi inesperado e ainda não tinha conversado com a minha família. Você faz ideia de como é ser empurrada para fora do armário quando ainda não está pronta, ainda mais pela sua namorada? Doeu muito — confessou, e eu deixei que ela desabafasse. — Meus pais não reagiram muito bem, acho que muito mais por sentirem que eu estava enganando os dois do que por qualquer outra coisa. Agora, pelo menos, as coisas mudaram e me sinto um pouco mais segura.

— Me desculpa — falei. — Eu estava tão empolgada na hora que só depois fui me dar conta do tamanho da minha burrada. Eu que não devia ter postado nada sem conversar antes e decidir com você o que era melhor. Nunca quis te prejudicar. Eu *não quero* te prejudicar.

— Eu sei que você não fez por mal — disse ela —, mas isso não tornou as coisas mais fáceis.

Lisa enxugou uma lágrima que escorreu dos seus olhos.

— Hoje eu entendo isso e sei que fui egoísta — falei. — Desculpa, de verdade. Espero mesmo que agora as coisas tenham se resolvido na sua casa.

— Estão se encaixando aos poucos — confirmou. — Não é fácil, mas acho que no fim tudo vai se ajeitar.

— Você me perdoa?

— Eu já perdoei, Gio. Eu só estava brava, com a vida e todo o resto, até comigo mesma. Não é exatamente de você que eu senti raiva, mas precisei de tempo, precisava ficar quieta no meu canto um pouco. Obrigada por ter respeitado isso.

— Era o mínimo — falei. — Eu coloquei a minha felicidade nas suas mãos, por isso não sabia o que fazer com a sua ausência. Mas não foi justo com você.

Lisa assentiu. O silêncio pairou sobre nós duas, carregado de todas as palavras não ditas naqueles meses que passamos afastadas.

— Você é a melhor coisa que já me aconteceu — deixei escapar, sentindo um aperto no peito.

Olhando para Lisa, sentindo-a tão pertinho, meu coração batia mais acelerado e eu me dava conta — ainda mais — do quanto tinha sentido saudade dela.

Nossos rostos foram se aproximando e senti a respiração quente da Lisa. Estávamos perto, de narizes encostados, e permanecemos assim por um tempo. Mil coisas passavam pela minha cabeça, e tenho certeza que na dela também. Pareceu uma eternidade, mas também uma fração de segundo. Nossos lábios se tocaram de leve, com medo, mas logo em seguida nos beijamos de verdade. O beijo era carregado de saudade, de reconhecimento. Foi muito diferente do nosso primeiro beijo, porque dessa vez estávamos explorando um território conhecido, mas que também tinha se transformado durante o período de afastamento.

Se eu tinha mudado e descoberto tantas coisas sobre mim desde o nosso desentendimento, o que será que tinha acontecido com Lisa?

Ao me perguntar isso, percebi que já era uma pessoa diferente daquela que agiu de forma impulsiva ao postar um vídeo sobre nós duas. Eu a estava colocando na balança, pensando no que ela vivia quando não estava comigo.

Afastamos os lábios e continuamos de testas encostadas, aproveitando cada segundo.

— Acho que fui muito cabeça-dura — disse Lisa.

— E eu errei bastante — admiti. — Não te escutei como você merece ser escutada. Me desculpa mesmo?

— Desculpo — disse, e então afastou o rosto, me olhando nos olhos. — Só que eu ainda não estou pronta pra gente voltar.

Doeu, mas eu aceitei. Embora eu esperasse por isso quando tomei a decisão de falar com ela no dia anterior, confesso que o beijo havia me dado mais do que uma ponta de esperança. Por isso, não consegui esconder a tristeza profunda que senti.

— Foi muito duro pra mim, entende? — continuou Lisa. — Esperava que você tivesse uma atitude diferente... Não sei bem como vai ser daqui pra frente, mas aconteceu muita coisa desde aquele dia e ainda preciso de um tempo para pensar no que quero.

Entendi o que ela queria dizer. Eu queria que a gente se ajeitasse naquele segundo, mas tudo levava tempo. E, de todo modo, só de saber que ela tinha me perdoado, que poderíamos voltar a nos falar, já me sentia mais leve.

— Quer me contar um pouco dos últimos meses? — perguntei.

Lisa começou a falar das novas amizades, das aulas de violão que tinha começado a fazer e de outras coisas que eu perdera naquele período em que não nos falamos.

— E eu vou fazer um intercâmbio — concluiu.

— Sério? Que incrível! Onde?

— É um curso de férias na Colômbia. Um programa que mistura música e idioma. Vou ter aulas de espanhol e também praticar um pouco o violão, acho que vai ser bem legal.

— Que incrível, Lisa. Fico muito feliz por você.

Percebi que nós duas estávamos construindo nossos próprios caminhos, e isso era bonito e assustador ao mesmo tempo.

— Sabia que eu comecei a fazer teatro? — perguntei.

Ela assentiu.

— Vi as fotos no seu perfil — confessou, o que me deu um frio na barriga.

Às vezes eu escrevia torcendo para que ela lesse, mas achava que Lisa não se dava ao trabalho de me acompanhar. Como andava sendo frequente, percebi que estava errada — ainda bem. Eu também olhava as redes sociais dela, mas Lisa raramente publicava alguma coisa. Sempre tinha sido bem mais discreta do que eu. Acho que se realizava mais fora das telas do que dentro delas.

— Espero que em breve você possa me ver nos palcos.

— Com certeza verei.

Ela já estava pronta para se levantar e ir embora quando eu falei:

— Tem mais uma coisa.

Peguei minha mochila e tirei a caixa de bombons de dentro dela. Lisa olhou para o chocolate e sorriu.

— Lembrei do seu texto.

Eu sorri de volta.

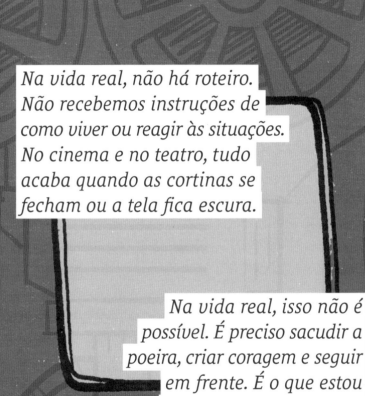

Na vida real, não há roteiro. Não recebemos instruções de como viver ou reagir às situações. No cinema e no teatro, tudo acaba quando as cortinas se fecham ou a tela fica escura.

Na vida real, isso não é possível. É preciso sacudir a poeira, criar coragem e seguir em frente. É o que estou aprendendo aos poucos.

Quando me senti pronta, procurei a Rita e começamos a produção do nosso filme: *Crisálida*. Rita estava feliz por poder gravar algo tão especial e que ficou guardado por tanto tempo. E eu estava radiante em ter a minha primeira experiência profissional. Durante a fase de produção, todo dia tinha reunião na Cinéfila. Já tinha me acostumado à dinâmica das aulas de teatro, mas fazer um filme era bem diferente de montar uma peça — a cada novidade, sentia um frio na barriga.

— O Edson vai fazer o áudio e a Carol, a fotografia. A Lu, do figurino, arrasa! Estamos formando uma bela equipe — disse Rita.

— Quanta gente! Que legal poder participar desse momento, que oportunidade incrível você me deu — agradeci.

— Logo você vai ver que não vai ser moleza, não! É muito bacana, a gente aprende muito, conhece muita gente, mas dá um trabalhão. E a gente nem tem grana pra fazer, então vai ser suado. Mas vale a pena!

— Vambora, estou com toda a disposição. Amanhã já começo as leituras e a preparação com a Andreia. Vou sair do meu casulo, assim como a Crisálida na história.

A atividade constante foi preenchendo o tempo com experiências livres e criativas. Diariamente, eu tinha uma função, entre ensaio, prova de figurino, produção. Isso foi me trazendo força, capacidade rápida de resolver problemas, mais conhecimento sobre mim mesma e até mais autoestima, porque eu me sentia boa no que estava fazendo. Encontrar um hobby ou um talento e investir tempo e energia nisso era um pulo do gato para transformar a solidão e ressignificar uma série de coisas, até a necessidade desenfreada que eu tinha de estar sempre com alguém.

Muitas pessoas que conheci e cultivavam algo de valor ou que praticavam o que gostavam de verdade tinham um brilho diferente no olhar, além de uma disposição maior para a vida. Altos e baixos aconteciam para elas normalmente, mas parecia que tinham aprendido uma habilidade extra para lidar com tudo. Eu admirava essas pessoas e as tinha como exemplo e referência para desenvolver uma relação saudável com o mundo exterior. Mesmo que ele fosse, muitas vezes, tão injusto e preconceituoso.

A arte me salvou mais uma vez. Foi através dela que voltei a me sentir capaz. O processo de tomada de consciência corporal começou com tudo. Ali, não havia mais como me esconder. Era preciso descobrir e disponibilizar meu corpo para o jogo das cenas, para a troca. A preparação da personagem com interpretação, corpo e voz foi mexendo comigo, me transformando. Fui acreditando mais em mim, explorando, descobrindo, me sentindo. O contato com muitos novos conhecimentos e áreas de interesse, pessoas de lugares e realidades diferentes, tudo foi me abrindo para um outro estágio. Ali, experimentei a liberdade de ser quem eu era. Pude ser autêntica, porque isso era aceito, era bom e esperado. Estava para nascer um povo mais livre que os artistas!

Me manter ocupada com o que gostava me ajudava a lidar com a saudade. Eu e Lisa ainda não tínhamos nos resolvido completamente, mesmo depois daquele beijo tão cheio de desejo. Nós nos falávamos, mas não existia mais uma amizade, muito menos um namoro. Parecíamos apenas conhecidas. Eu seguia pensando nela, sonhando com ela, imaginando uma vida para nós duas. E, ao mesmo tempo, me sentia diferente, mais segura, cheia de novidades. Foi com esse incômodo que decidi conversar com ela em algum intervalo na escola.

Esperei por ela perto da cantina e a observei comprando um salgado. As novas amigas que ela tinha feito a esperavam do outro lado, conversando entre si. Assim como eu, Lisa tinha se aproximado de outras pessoas e estava construindo algo novo e só dela.

Antes que ela se adiantasse até as meninas, porém, eu a parei e puxei assunto:

— Oi, Lisa! Como estão as coisas?

Ela pareceu um pouco surpresa, mas foi simpática:

— Oi, Gio, está tudo bem. E com você?

— Bem também... Tô gravando o filme e tem sido uma experiência muito legal. Esses dias eu aprendi como acender uma fogueira pra poder usar em cena. Não é o máximo?

— Puxa, muito irado mesmo — disse Lisa.

Não queria concentrar o assunto em mim, por isso falei:

— Mas me conta de você, como estão os preparativos para o intercâmbio?

— Tudo bem, na medida do possível. Estou um pouco ansiosa, mas acho que vai ser legal — contou, sorrindo. — Mas agora eu preciso ir, combinei de ensinar um lance pra Cris no intervalo. Até!

Soltei um suspiro, pensando em como me reaproximar da Lisa seria mais difícil do que tinha imaginado, apesar daquele dia na sorveteria. Era verdade que eu não *precisava* mais dela para ser feliz. Eu já tinha aprendido a ser eu mesma, e gostar disso, sem precisar que alguém me validasse. Então, sim, eu podia viver sem a Lisa. Podia viver muito bem. Mas isso não significava que eu *quisesse* viver sem ela.

A questão é que não importava só o que eu queria.

Foi assim que decidi, não sem um bocado de sofrimento, abandonar a ideia de reconstruir minha história com a Lisa — fosse como amigas, como namoradas ou qualquer outra coisa que nós duas pudéssemos nos tornar. Não necessariamente desistir para sempre, mas ao menos até que a própria Lisa me desse alguma abertura. Foi difícil tomar essa decisão, e chorei muito naquela noite, mas eu sabia que ficaria bem, porque estava reconstruindo a minha história.

Eu não era mais tão dependente de um romance para me sentir bem comigo mesma, tinha encontrado amigas e coisas que me preenchiam, como o teatro e as gravações do filme, que ocupavam boa parte do meu tempo e da minha mente e me davam uma satisfação imensa. Eu me encontrei no teatro. Era naquele pequeno coletivo que eu me sentia respeitada, podia me expressar, experimentar emoções e sensações.

A Rita separou uma série de filmes com protagonistas gordas e exibiu na Cinéfila. Meus amigos do teatro me apresentaram um mundo de artistas diversos que eu não conhecia. Fui encontrando novas referências — cantoras, atrizes, modelos, ativistas —, descobrindo que meninas como eu podiam ser protagonistas das próprias narrativas. No cinema e no teatro, eu encontrei a minha voz. Assim como a escrita, a atuação me trazia a sensação de poder ser o que eu quisesse. No palco, eu era heroína, princesa, guerreira, astronauta, chefe de cozinha, vivia histórias tristes e felizes, de amor e de comédia. Acho que o que me encantava era a possibilidade de experimentar muitas emoções e sentimentos que não me eram permitidos fora do tablado.

Os meus amigos do teatro me animavam e acabei voltando a fazer vídeos aos poucos. Por muito tempo, eu tinha colocado lentes de aumento nos comentários negativos, mas não prestei atenção às pessoas que gostavam do que eu fazia. Por isso, voltei a me expressar em vídeos, compartilhar bastidores de ensaios e aulas, pensamentos, coisas sobre moda, acessibilidade para pessoas gordas... E, por conta do viral, minha conta tinha crescido, recebi até uma proposta de parceria de uma marca de roupas *plus size* que me mandou algumas peças que em nada se pareciam com as roupas sem personalidade que eu via nas lojas de departamento.

Estava, pouco a pouco, me reencontrando, e isso era o mais precioso de tudo.

O grande dia da estreia de *Crisálida* tinha chegado e todo mundo poderia conhecer o nosso filme. Quer dizer, todo mundo que compareceu à festa de lançamento na Cinéfila, cerca de cinquenta pessoas, entre elas minha mãe e a Ju, que estavam animadíssimas com a minha "grande estreia", como diziam. Rita convidou a Esquilos Voadores, banda da Mila, atendente na cafeteria, que tocava guitarra. A banda arrasava muito! Entre uma música e outra, Rita conduzia o evento.

— Obrigada a todo mundo que veio nesta noite especial. Daqui a pouco, teremos a primeira exibição de *Crisálida*, uma produção da Cinéfila. A gente é um pouquinho de tudo: café, cinema, galeria... e agora até produtora! — riu. — Enquanto isso, fiquem com Esquilos Voadores!

O show continuou. Fiquei curtindo na pista, mas nada afastava o nervosismo e o medo do que o público iria pensar. Não parava de me perguntar se a minha autocrítica me permitiria assistir ao filme sem surtar. Para a minha surpresa, Lisa chegou na festa com uma garota. Sem saber o que fazer, os meus pés me levaram em direção às duas, mas felizmente fui interrompida no meio do caminho quando Rita me encontrou.

— Vamos exibir agora! Vem comigo, a equipe inteira vai assistir nas primeiras fileiras.

Lisa teria que ficar para depois. Eu me sentei na primeira fileira e admirei Rita, que se colocou em frente à tela na qual eu já tinha assistido a muitas histórias para apresentar a nossa. A sensação era inexplicável.

— *Crisálida* é um filme que eu escrevi aos dezesseis anos e tive a oportunidade de realizar e dirigir aos quarenta e cinco. Fala de se transformar, de se entender como se é — apresentou, e todo mundo aplaudiu. Rita esperou o fim dos aplausos e declarou: — Sem mais delongas, vamos ao filme!

As luzes se apagaram e a tela se acendeu. Quando o filme começou, tudo ao redor ficou em silêncio.

Foi uma loucura me ver na tela e sentir as reações das pessoas à minha volta. O filme ficou lindo, com o tom soturno e sombrio que precisava, mas também com muito humor e graça. O público estava adorando, e eu também me encantei com aquele trabalho tão bonito, feito a tantas mãos. Para quem participou da produção, dava para sentir o que cada pessoa imprimiu ali, foi muito bonito. Quando o filme acabou, todo mundo aplaudiu e meu peito se encheu de orgulho e emoção pela realização.

— Você foi incrível, estou muito orgulhosa. Neste ano te vi desabrochar — disse minha mãe, me abraçando ao fim da exibição.

Mais pessoas cumprimentaram o elenco, mas Lisa não foi uma delas. Depois de abraçar várias pessoas, fui ao camarim que Rita improvisou para termos uma área mais reservada.

Rita tinha preparado vários lanchinhos deliciosos, inclusive algumas das coisas que eu mais gostava de comer no café, como *banoffee*, um bolinho de chocolate divino e miniquiche de queijo. A minha mãe estava realizada com aquela vida nos bastidores e Ju beliscava um pouquinho de tudo.

— Nossa, amei essa vida de ser amiga de atriz famosa! — brincou Ju, e eu ri.

— Quem me dera! Se bem que eu amei a experiência no audiovisual, quero muito poder dar vida a mais personagens. Dá a impressão de que posso fazer coisas que nunca achei que fossem possíveis, sabe?

— Com certeza você ainda vai interpretar muitas personagens. Não tenho palavras para descrever como você se destacou no filme, nem parecia que era a sua primeira experiência oficial como atriz. Você brilhou muito, nasceu pra isso. Só não esquece das amigas, tá?

— É impossível te esquecer, Ju! — falei. — Me dei conta de que eu quero viajar e aprender coisas novas. Eu quero aprender a dançar! Sabe, viver um plano só meu. Percebi que eu sou feliz na minha própria companhia. E que tenho muitas coisas para descobrir ainda — disse, me enchendo de coragem.

— Fico tão orgulhosa em te ouvir falar desse jeito. Como você cresceu nos últimos tempos... — disse Ju.

— É, acho que mudei de fase, vivi a crisálida e agora sou uma linda borboleta — falei, fingindo seriedade, mas depois caímos na gargalhada.

Ju saiu do camarim e voltou para curtir a festa de estreia. Queria logo me juntar a ela e aos outros, que já tinham saído do camarim, mas antes precisava retocar a maquiagem. Ouvi duas batidinhas na porta e pensei que já estavam me chamando de volta para a festa, por isso gritei sem olhar para trás:

— Já tô indo!

Ouvi a porta se abrindo e me virei para ver quem era. Meu coração acelerou quando dei de cara com Lisa.

— Vim te dar parabéns pelo filme. Você evoluiu muito, Gio. O trabalho ficou lindo.

— Obrigada, Lisa. Foi mesmo um processo muito bonito. Estou feliz com as novas descobertas que tenho feito sobre mim mesma — comentei.

Nós não falamos por um tempo, até que quebrei o silêncio com uma dose de curiosidade:

— Sua amiga gostou do filme?

— É minha prima, ela tá passando a semana lá em casa — disse, segurando o riso nervoso. — Ela gostou, sim. Não tem como não gostar, né? O filme é lindo e você nasceu pra atuar.

— Ah, obrigada… Fico feliz que vocês tenham gostado — falei, tentando disfarçar minha cara de sem graça, porém sem sucesso.

— Gio, eu estive pensando e… será que a gente podia voltar a se ver? Sem rótulos, sem obrigações, sem pressão. Com mais calma dessa vez. Eu sinto saudade e percebi que ainda sou louca por você, mas acho que fizemos tudo rápido demais da primeira vez. Acho que poderíamos nos dar outra chance, só nós duas, nos descobrindo.

Aquilo era tudo que eu queria escutar. Não precisei dizer nada: o meu corpo disse por mim. Puxei Lisa para um beijo apaixonado, cheio de desejo e, dessa vez, sem nenhum medo entre nós.

— Vamos no nosso próprio tempo — falei. — Esse período que passamos separadas me mostrou que, antes, eu me atropelei, fui ansiosa demais, joguei muita expectativa no nosso relacionamento e sei que pedi demais de você. Hoje estou mais tranquila, um pouco mais segura.

Tinha sido um processo doloroso, mas eu finalmente sabia que a responsabilidade pela minha felicidade e autoestima era totalmente minha. Cabia a mim e a mais ninguém.

Lisa acariciou meu rosto e me deu um selinho.

— Qualquer pessoa percebe o quanto você mudou, Gio. E eu acho que ainda temos muitas coisas incríveis para viver juntas.

— Prometo que dessa vez não vou fazer nada sem antes saber se você está confortável. Vamos respeitar nossos limites.

Falei que ia terminar de me ajeitar e, assim que Lisa saiu do camarim, me admirei no espelho, toda boba com o que tinha acabado de acontecer. Quase me belisquei para ter certeza de que era tudo verdade.

Saí dali radiante direto para a pista de dança, com toda a alegria. Dancei sozinha, de olhos fechados, deixando o meu corpo livre no espaço para curtir e aproveitar aquela sensação deliciosa, um misto de dever cumprido, com novas possibilidades. Aos poucos foram chegando amigos e fui me deixando levar pela dança deles também. E que gostoso era poder seguir os passos de alguém, mas no meu ritmo.

A liberdade que Lisa me sugeriu era exatamente o que eu precisava. Iria me relacionar com ela e também me abrir para outras possibilidades, mas o que eu realmente queria era me conhecer. Pela primeira vez, estava me sentindo curiosa pela vida. Tinha passado tempo demais sofrendo e precisando de outras pessoas para me sentir amada e segura, mas descobri que eu era a única capaz de oferecer isso a mim mesma.

Sigo dançando esse lindo balé com o meu corpo. Repleto de aproximações e afastamentos, de encontros e desencontros.

Um balé genuíno e belo. Em que convido a gentileza para a dança, deixando de lado a cobrança extrema e as restrições. Em que convido meu corpo a dançar sem gravidade sob o céu noturno.

Deixando no chão, presos ao concreto, as opiniões limitantes, as dificuldades de acesso, os direitos negados. E, flutuando pelo espaço, meu corpo não quer mais saber da carga das contas, regras e burocracias, ele quer saltitar, dar piruetas e gargalhadas sem fim.

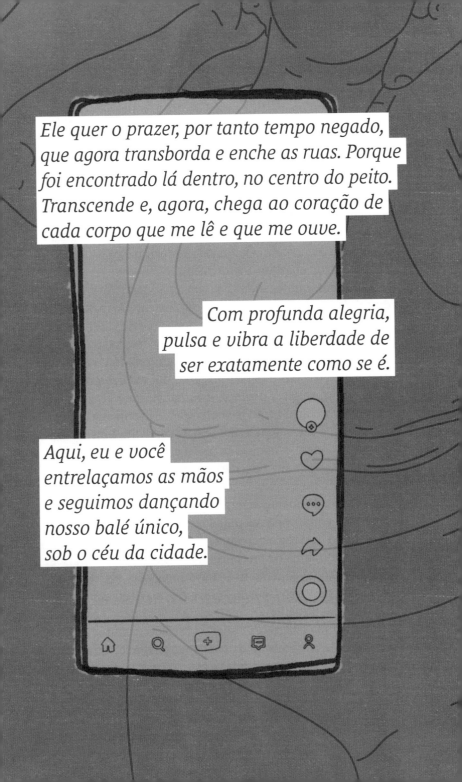

Ele quer o prazer, por tanto tempo negado, que agora transborda e enche as ruas. Porque foi encontrado lá dentro, no centro do peito. Transcende e, agora, chega ao coração de cada corpo que me lê e que me ouve.

Com profunda alegria, pulsa e vibra a liberdade de ser exatamente como se é.

Aqui, eu e você entrelaçamos as mãos e seguimos dançando nosso balé único, sob o céu da cidade.

Nota da autora

Formular perguntas ativa a inteligência e instiga o mundo ao redor. Colecionar respostas é um modo de compreender esse mundo e de decifrar minimamente os seus mistérios – é uma forma de conversar com ele, de manter o diálogo sempre aberto; um jeito de nos moldar infinitas, como o próprio mundo é. Perguntas e respostas sempre me fascinaram e fizeram parte da minha atitude curiosa, são minhas companheiras do dia a dia e também das horas mais difíceis, como quando pergunto e as respostas não vêm, ou quando simplesmente não há resposta para um questionamento meu.

Durante muito tempo, minhas perguntas focaram em descobrir o porquê do meu corpo ser diferente da maioria dos corpos que eu via na mídia. Que grande questão ele se tornou quando eu descobri que era gorda. Minha vida virou um inquérito, mas só depois de muita investigação consegui respostas fundamentais. Com o passar dos anos, fui me descobrindo e pude experimentar a potência e a criatividade pulsantes em cada célula do meu corpo se manifestando livremente. Eu, que por natureza já era grande, me senti expandindo e me tornando enfim dona das minhas proporções com orgulho e consciência. Eu escolhi me ver e me revirar do avesso para entender o meu lugar no mundo. Escolhi não me encolher, escolhi ter voz e viver plenamente as minhas medidas largas, como largas e grandes somos todas as mulheres, mesmo com toda opressão, mesmo com toda incompreensão.

Quando alguém é preconceituoso ou ofende outra pessoa, está mostrando o quanto suas dores e questões não puderam ser resolvidas. Parafraseando Rubem Alves, a gente transborda o que tem dentro de si. E numa sociedade como a nossa, que carrega em sua estrutura inúmeras opressões, como o racismo, a gordofobia, o machismo, a homofobia, o capacitismo e tantas outras, é preciso querer mudar e fazer diferente, porque esses pensamentos são perpetuados de muitas formas, às vezes até de forma inconsciente. Fazer o exercício de se colocar no lugar do outro e se questionar, é fundamental para barrar essa engrenagem. É preciso que a gente se coloque no nosso próprio lugar também: de onde vêm nossas inseguranças e medos? São *nossas* mesmo ou foram impostas? E nossos traumas, como estão sendo cuidados?

Abri uma porta, entrei por ela e já não quero mais voltar. Depois de muita terapia, aprendi o caminho do amor próprio e incondicional. Escolhi confiar em ampliar o meu olhar, em aprimorar meu senso crítico sobre conceitos como a beleza e vi claramente o seu sistema rígido e irreal de padrões se desmoronando em cima de mim, depois de já ter me sufocado com isso tantas vezes. Incorporei no meu vocabulário a palavra gordofobia, entendi como ela está em todo canto e muitas vezes disfarçada de graça e piada. A coisa ficou dinâmica: descortinar velhos olhares, cutucar meus traumas e andar livre por aí exigiu muito de mim e ainda exige. Hoje, podemos falar sobre gordofobia, pressão estética, *body positive* e corpo livre, mas o que quero mesmo falar é sobre a autenticidade de cada experiência aqui neste mundo.

É desse querer genuíno que vem a criação deste livro e assim nasce, Giovana Gentil e todas as personagens que o compõem. Foram concebidas pela vontade de fazer uma coleção de perguntas e respostas caberem nas palavras, ganharem vida na imaginação de quem as lê e serem amplificadas mundo afora. Sinto que através dessa história conectamos nossos corpos e evocamos um certo poder de cura das dores e feridas ainda abertas nesta nossa carne humana.

Desejo que este livro possa inspirar liberdade à você e vontade de viver, porque é inundada dessas coisas que escrevo, com o coração repleto de vontade de abraçar a cada um, de inspirar, de mostrar uma possibilidade. Obrigada por viverem isso comigo.

Este livro foi impresso pela Vozes, em 2023,
para a HarperCollins Brasil. O papel do miolo é
avena 80 g/m², e o da capa é cartão 250 g/m².